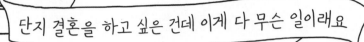

단지 결혼을 하고 싶은 건데 이게 다 무슨 일이래요

서양수 결혼 에세이

호기심 가득한 눈으로 웨딩드레스를 바라보는 예비 부부에게
가혹한 세상이 부담스럽기만 한 현실 커플에게
스스로의 행복을 개척해나가는 자발적 비혼족들에게
그 모든 게 헛헛해 보이는 결혼 포기세대에게

Contents

Prologue
위대한 계획이 시작됐다 _010

STEP 1   그래서, 우리 결혼할까?
말에는 생각을 규정하는 힘이 있다 _020

STEP 2 도대체 어디서부터 시작해야 할까?
결혼은 처음이라 _028
코너를 돌면 무슨 일이 벌어질지 몰라 _034

STEP 3 평범한 결혼식장이 거기 있는 이유
다들 이렇게 해왔던 거였어? _040
현실이 알려주는 또다른 진실 _047

STEP 4 그녀의 부모님을 만난다는 것
준비된 사람이란 _052
부족한 면을 서로 채워줄 수 있는 사이 _058

STEP 5 걸리고야 말았네, 결혼 준비 증후군
직진으로 달려오는 현실 _066
타인의 불행과 나의 행복 _074

STEP 6 우리의 부모님들이 마주앉던 날

세상에서 가장 어려운 관계 _080
터널 같은 시간을 지나며 우린 가족이 된다 _085

STEP 7 드레스가 주는 통쾌한 재미

안락한 지루함보다는 수고스런 재미를 위해 _090
새로운 세상을 알아가는 맛 _095

STEP 8 부모님과의 갈등이 숨통을 조일 때

우리만의 결혼 준비 원칙 _102
갈등종합선물세트 하나쯤은 다들 있잖아? _110

STEP 9 새로운 세상을 보여주고 싶어서

갑자기 걸려온 반가운(?) 전화 _116
우리가 여행을 떠나는 이유 _119
커다란 지도를 펼쳐놓고 _125

STEP 10 우리, 어떤 집에 살면 좋을까?

달팽이도 집이 있는데 _130
우리에게는 얼마만큼의 땅이 필요한가 _137

STEP 11 도장을 들고 부동산으로!

집도 시집을 간다 _142

준비, 준비, 또 준비 _146

과연 이중에 내 편이 있을까 _149

STEP 12 결혼 준비에도 휴식이 필요해

꼭 그런 날이 있다 _156

우린 내일도 일해야 하는 사람들이니까 _162

STEP 13 결혼식의 설계자들

웨딩 플래너에게 주고 싶지 않은 것 _168

절대 법칙, 마법의 삼각 구도 _174

STEP 14 다이아몬드는 언제부터 사랑의 증표가 되었을까

왼손 약지에 반지를 끼우는 이유 _180

대체 이건 누구의 큰 그림일까? _185

STEP 15 웨딩 촬영, 셀프로 하시게요?

화관, 보타이, 풍선 그리고 삼각대 _194

신랑 신부보다 더 신난 특별 게스트 _199

매년 이 나무를 보러 오는 거야 _205

STEP 16 쇼핑 만렙에 도전하다

또다른 단계로 진입했음을 느낀다 _210

진리는 단순한 것 _215

사연 품은 물건들 _218

STEP 17 사랑을 현실로 만드는 마법, 프러포즈

프러포즈, 정말 해야 하는 걸까? _224

시간은 언제나 내 편이 아니다 _229

STEP 18 청첩장, 주는 게 예의일까 안 주는 게 예의일까?

학교에선 가르쳐주지 않는 '관계' _240

청첩장 한 장의 무게 _245

STEP 19 엉겁결에 결혼 준비 학교 입학!

계획 따윈 저멀리 _252

긴급 미션! 주례 선생님 찾기 _256

결혼식의 숨은 공로자들 _260

STEP 20 결혼식 전날

택배가 안 온다면 내가 가야지 _270

결혼식 전날엔 뭘 하며 보내야 할까 _274

인생 2막, 초행길이 시작되고 있었다 _278

Epilogue

낭만적 결혼과 그후의 일상 _282

위대한 계획이 시작됐다

나의 결혼 이야기를 하려고 한다. 지극히 사적이며, 내게는 더없이 특별하다못해 속이 다 울렁거리는 신비로운 체험이었지만 남에겐 또 그렇고 그런 흔해빠진 5만 원짜리 주말 스케줄이었을지 모르겠다. 처음 결혼에 대한 얘기를 해야겠다고 마음먹은 건 그 다이내믹함이 내가 상상했던 바를 훨씬 뛰어넘었기 때문이다.

"대체 왜 이런 얘기를 아무도 안 해준 거지?"

예비 신부와 난 두 눈이 동그랗게 커져서 이 말을 몇 번이나 외쳤는지 모른다. 남들 다 하는 결혼, 때가 되고 마음 맞는 사람이 나타나면 나도 그렇게 자연스럽게 하게 될 줄 알았다.

"결혼은 집안 행사야."
아버지가 말씀하셨다.

"아무리 그래도 주례는 꼭 있어야지."
장모님이 말씀하셨다.

"결혼은 교회에서 하는 게 좋지."
장인어른이 말씀하셨다.

"그래도 집안 어른들한테는 미리 돌면서 인사하는 거다."
어머니가 말씀하셨다.

안타깝게도 우리 모두는 독립된 개체로 평생을 살아왔다. 각자 좋아하는 것도 다르고 가치관도 달라 같은 것을 보고도 다르게 반응했다. 비극의 출발은 바로 이 지점부터 아닐까. 우리는 각자 저마다 다른 이유로 손꼽아 기다려온 이 일생일대의 이벤트에, 각자의 바람과 각자의 낭만과 또 각자의 현실적인 이유들을 가지고 참여한다.

"아니, 근데 지금 이게 내가 하는 결혼식이잖아요. 내가 행복해야지!"

이렇게 심플한 대전제와 대명제를 부인하는 사람은 그 누구도 없다. 그러나 우린 같은 단어를 두고도 다르게 해석하며 그것들을 실현하는 방식 또한 제각각이다. 나와 예비 신부, 우리 둘이 맞춰가는 것만도 보통 일이 아닌데. 갑자기 내 결혼식에 주주권을 행사하려는 사람들이, 인생 주주총회에 나타나 거부권을 행사하기 시작한 것이다.

"이런 건 '원래' 그렇게 하는 거야!"

영화 〈더 랍스터〉에서처럼 사랑이 강요된 세상에서
진짜 사랑을 찾아 도망치는 사랑꾼들

결혼 준비를 하면서 가장 많이 들은 말. 듣고 나면 소화가 잘 안 되는 말. 그러면서도 계속 들어야 했던 그 말. 바로 '원래 다 그렇게 하는 것'이다. 폐백은 '원래' 이렇게 드려야 하며, 예단은 '원래' 이렇게 준비해야 하는 것, 이 부분은 '원래' 부모님께 맡겨야 하며, 상대방 부모님께는 '원래' 이렇게 해야 한다는 것. 대체 그놈의 '원래'의 시작은 어디일까.

"오빠, 우리 이러다가 결혼할 수 있는 거 맞겠지?"

나의 예비 신부가 말했다. 각자의 회사에서 각자의 밥값을 하기도 만만치 않은 우리. 아직 '미생'인 우리가 고민의 탑을 쌓아가며 결혼까지 하려니 현실이 목을 조르기 시작한다. 결혼식을 올리기까지의 과정도 호락호락하지 않은 와중에, 양가 어른들의 기분도 헤아려야 하고, 한정된 예산에서 최대한 조율하며 한 발 한 발 내디디려니 기가 쭉쭉 빨린다. 결혼 준비를 하고 나면 백화점 VIP가 된다고 하던데, 빠듯한 예산을 쪼개고 쪼개 손바닥만한 전셋집이라도 구하려니 백화점 VIP는커녕 퇴근하고 백화점에서 주차 알바라도 해야 할 판이었다.

그러던 어느 여름날. 참다못한 여자친구는 길바닥 위에서 펑펑 울어버렸다. 그녀를 위로해줘야 하는 나는 인생 한복판에서 길을 잃어버린 것 같아 속으로 더 크게 울었다. 그렇게 눈물 콧물 범벅된

한 쌍의 바퀴벌레 같은 우린 강남대로 한복판에서 야반도주를 꿈꿨던 것 같다.

"그냥 튈까?"

빈말이 아니었다. 한국이란 나라에서 모두가 만족하는 합리적인 결혼을 준비하기보다는 이민을 준비하는 편이 훨씬 수월해 보였으니 말이다.

이미 결혼한 친구들 말에 따르면 결혼은 시작에 불과하다고 한다. 육아에, 내 집 마련에, 각종 집안 행사와 양가 부모님들과의 복잡미묘한 관계까지. 그렇게 정신없이 해야 할 일들에 내몰리다 보면 하루하루를 어떻게 지내는지 모르겠다는 얘기였다. 쫓기듯 살고 싶지는 않았다. 불평만 하면서 살기는 더욱 싫었다.

"어떤 소설을 읽었는데 호주로 이민 가서 시민권만 따면 그렇게 좋다던데? 사회보장도 빵빵하고 말이야!"
"호주? 갑자기? 대출받은 건 어떻게 하고?"
"아…… 대출……"

현실에 멱살 잡힌 우린 도망칠 여력도, 그 정도 배포도 없었던 것일까. 어렸을 적 읽은 동화들은 꼭 결혼으로 해피엔딩의 정점을 찍었다. '그후로 왕자님과 공주님은 결혼을 해서 행복하게 살았답니다'라는 식으로 말이다. 그런데 생각해보면 현실은 좀 다른 곳에 있다. 그러니까 두 사람이 만나 사랑을 하고 마침내 결혼을 결심하기까지, 이 드라마틱한 로맨스의 과정이 동화에 있다면 현실은 바로 그다음 부분! 부부가 되기 위한 험난하고도 지난한 준비 과정에 있다. '그후로 왕자님과 공주님은 전세자금대출을 받기 위해 눈알이 빠지도록 자금 융통 방법에 대해 고민했답니다'로 이어지는 이야기나 '결국 왕자님과 공주님은 예단과 예물 준비 때문에 부모님과 사이가 틀어지고 말았답니다'라는 이야기가 현실에 가깝지 않을까.

더욱이 우리는 스스로 할 수 있는 것들을 '셀프'로 해보자고 마음먹은 터라, 상황이 그리 간단치만은 않다. 거기에 한술 더 떠서 양가 부모님들로부터 경제적인 도움은 전혀 받지 않기로 결심했으니 모든 게 더더욱 만만치 않아지는 것이다.

"그래도 재미있을 것 같아. 의미도 있고 말이야!"

야반도주 대신 우리는 힘을 합쳐보기로 했다. 우리 눈앞에 놓인 인생 이벤트를 스스로의 힘으로 만들어보기로 한 것이다. 돌이켜보면 그녀가 까르르 웃으며 의욕을 앞세웠기에 가능했던 일이다. '재미', '의미' 그리고 '경제적 독립'이라는 거창한 목표를 앞세우고 말이다. 그땐 이 목표가 얼마나 많은 시간과 노력과 고민의 탑을 쌓아올려야 달성할 수 있는 것인지 몰라서 더 무모했다. 힘겹게 고민의 탑을 쌓다 허리를 펴보면 닿을 수 없이 저만치 높은 곳에 '셀프'라는 단어가 찡긋 웃고 있었다. 더욱이 미생인 나와 예비 신부의 시간은 대부분 회사에 저당잡혀 있었다. 이는 아주 큰 문제였다.

그렇지만 너무도 당연하게, 결혼 준비 과정에서 분명 우리가 배우게 되는 것이 있으리라 확신했다. 이 모든 걸 무모하게 시작할 수 있었던 이유가 바로 거기에 있었다.

"남들 하니까 한다는 말이 제일 무식해 보여."
"그러게. '적어도 이 정도는 해야 된다'는 말은 또 어떻고."

돈과 겉치레로 점철된 결혼이라는 독재세력에 맞서 우리는 혁명을 꿈꾸는 반란군처럼 분연히 일어났다. 우리의 은밀한 계획을 실현시키자며, 우리가 할 수 있는 건 우리가 직접 만들어가보자며 남들과는 다른 결혼식을 꿈꿨다. 그리고 그것을 현실로 만들기 위해 차곡차곡 그날을 준비했던 것 같다. 혁명 동지가 된 그녀와 함께.

"오빠, 이거 봐봐. 재밌지?"

그녀는 퇴근 후 자정이 넘은 시각까지 셀프 촬영 콘셉트 사진을 찾아 내게 의견을 묻곤 했다.

그녀는 불의에 곧잘 분노했지만 그만큼 또 자주 웃었다.
가끔 울었고 또 가끔은 기뻐서 펄쩍펄쩍 뛰었다.

결국, 우리의 혁명은 성공이었냐고?
바로 지금부터 그 이야기를 해보려고 한다.

많은 이들에게 결혼이 부담으로 다가가기보다는 두근거리는 인생
이벤트가 되길 기대하면서, 소소한 일상의 행복을 준비하는 나만
의 축제가 되길 바라면서.

지금 이 시간에도 '우리 그냥 사랑할 수 있게 해주세요'를 외치며
은밀한 곳에서 반란을 꿈꾸는 수많은 혁명 동지들에게 작은 영감
의 씨앗이 될 수 있기를 기대한다.

STEP 1

그래서, 우리 결혼할까?

한번 달리기 시작한 자전거가 움직이는 동안은 안전하지만
움직이지 않고 멈추게 되면 이내 넘어지고 만다.
남자와 여자의 사랑도 일단 시작되면 그후에는 발전만 있어야 한다.
어제에 비해 오늘 조금의 발전도 없다면 이미 끝나버린 것과 마찬가지다.
— 알렉산드르 솔제니친, 『암 병동』 중

말에는 생각을 규정하는 힘이 있다

친구 지노의 생일 모임이 막 무르익던 시간이었다. 어두운 술집에 선 빠른 비트의 음악이 흐르고 있었다. 서로서로 잘 아는 커플 모임이었고, 예닐곱 명이 모여 왁자지껄 떠들고 있는 중이었다. 각자의 목소리와 웃음소리가 엉켜 사실 누가 무슨 말을 하고 있는지 잘 기억나지도 않는 그런 시간이었다. 그렇게 산만한 시공간이 일시에 썰렁해지는 순간이 있었으니, 바로 현우의 마법 같은 질문 때문이었다.

"너희들 결혼은 안 할 거야?"

현우로 말할 것 같으면 자기감정에 참으로 솔직한 프로 연애러. 기면 기고 아니면 아닌, 명확한 행동파라고나 할까. 그래서 양가 집안의 반대와 여러 난관이 있었지만 코뿔소처럼 돌진해 결국은 결혼에 성공한 진짜 사랑꾼이다.

"난 말이야, 내 아내 아니면 평생 결혼 안 하려고 했잖아. 아니, 확 죽어버리려고 했다니까."

보헤미안처럼 자유로운 영혼의 소유자인데, 그래서 잘나가던 직장도 쿨하게 그만두는 사람인데 참으로 의외였다. 결혼이라는 제도에 올인한 것도 의외였으며 그렇게 확신을 가지고 밀어붙이는 것도 의외였다. 나로선 자기감정에 그렇게 확실한 믿음을 가지고 행동하는 그가 신기하면서도 한편으로는 부럽기도 했다.

물론 나도 내 감정에 확신을 갖지 못하는 건 아니었다. 내가 나의 여자친구를 사랑하고 있다는 사실은 결코 부인할 수 없는 명확한 감정이기 때문이다. 그런데 여러 가지 생각이 혼란스럽게 떠오를 때면 나도 내 생각의 갈피를 잡지 못하는 건 사실이었다.
이를테면 그녀를 정말로 사랑하지만 지금 결혼 얘기를 꺼내는 게 맞는 건지, 결혼은 현실이라던데 현실적으로 내가 결혼할 준비가 된 건지, 자립을 위해 분명 많은 돈이 필요할 텐데 그 모든 게 가당키나 한 건지, 내가 하고 있는 사랑이 수많은 사람이 경험했다는 영혼의 단짝을 찾는 바로 그 진짜 사랑이 맞는 건지, 인류 역사상 로맨틱한 연애의 탄생은 불과 몇백 년 전 이야기라고 하던데 울렁이는 연애 감정에 너무 취한 건 아닌지. 나는 잠꼬대도 심하고 코도 고는데! 생각이 꼬리에 꼬리를 물며 나를 집요하게 물고 늘어져 정신이 멍해질 때면 무슨 말을 해야 할지 몰라 단어와 문장이 궁색해질 따름이었다.

"갑자기 결혼은 왜?"

마음과 다른 말이 나도 모르게 튀어나온다. 사실 이런 대답을 하려는 게 아니었는데. 왁자지껄하던 분위기에 찬물을 한 바가지 뿌린 것 같다. 친구들은 일제히 나와 여자친구를 번갈아 쳐다본다. 쿵쿵 울리는 음악 소리가 나의 비겁함을 힐난하는 것 같다.

"아, 뭐. 해야지! 결혼. 하하하……."

어색한 나의 대답이 음악 소리에 묻힌다. 우리가 학생이었을 적, 언젠가 현우에게 이렇게 물은 적이 있다.

"넌 어떻게 그렇게 매번 영혼을 내던지는 사랑을 해?"

그는 잠시 하늘을 올려다보더니 미간을 찌푸리며 말했다.

"매번 진심이야."

사뭇 결연한 표정으로 답하는 그가 참으로 멋지다고 생각했다.
자기 확신을 가진 행동파에게서 나오는 당당함이라고나 할까. 그
에게 반해 이마에 키스라도 하지 않은 게 다행이다. 고민하기보다
는 행동한다던 그의 말마따나 그는 매번 진심이었고, 매번 열정적
으로 사랑했으며, 매번 화끈하게 상처받았다. 그와 반대로 나는
매번 뭐가 그렇게 두려웠는지 모르겠다. 한 발을 내디뎌 행동으로
옮기기가 그렇게 힘이 들었다. 조심조심 그리고 상처받지 않게. 그
러다가 잘 안 되면 그래도 이번에는 내가 손해본 건 아니라며 안
도했다. 그럴 때마다 현우는 내게 비겁한 변명이라며 욕을 한 바
가지 해줬다. 전쟁에 패한 장수를 참하듯 내 잔에 그득하게 술을
부으며 말이다.

여자친구와 부부로서 앞날을 보낸다니. 구체적으로 그려보지 않
은 미래의 모습들이 슝슝 지나간다. 그런 상상을 하자 어쩐지 웃
음이 피식 나온다. 그보다도 여자친구와는 한 번도 이야기해보지
않았던 '결혼'이었는데. 입 밖으로 꺼내니 민망하면서도 한편으로
알 수 없는 새로운 감정이 솟아난다.
결혼에 대해서 아주 구체적으로 생각해보진 않았지만 내가 확신
하는 건 하나 있다. 그건 바로 그녀와 같이 있으면 너무 재밌고 신
나서 할 얘기가 끊이지 않는다는 점이다. 밤새도록 전화를 했는데

끊고 나서 보니 할 얘기가 더 남아서 문자를 또 보내는 정도라고 나 할까. 그래서 결혼은 몰라도 이 사람이랑 오래도록 만난다면 확실히 재미있겠다고 생각했다. 이런 생각이 결혼이라는 단어로 등가교환될 수 있는 것이라면 나는 지금 결혼을 하고 싶은 게 맞는 것 같다. 친구들은 '결혼'이라는 말의 무게를 실감한 듯 모두들 이 산만한 공간에서 진지하게 고개를 끄덕이며 내 얘기를 들어줬다.

"그래. 니가 무슨 특권층도 아니고. 우리만 결혼할 수는 없지 않냐. 너도 얼른 결혼해서 평생 우리랑 같이 괴로워해야지. 크크크."
"일리가 있는 말이네."

현우의 시답잖은 농담에 지노가 진지하게 반응한다. 친구들은 그게 재밌는지 키득거리며 부부로 30년은 살아본 듯 아재 드립을 쳐댔다.

말에는 생각을 규정하는 힘이 있다. 어쨌든 정리 안 된 서랍 같은 의식 속에서 '결혼'이라는 단어를 끌어올린 것은 순전히 예상치 못했던 상황 덕분이었다. 그렇지만 일단 세상으로 나온 말은 나의 생각을 빠르게 정리해나갔다. 부담스러운 말이었기에 그녀와 단둘이서는 한 번도 꺼내지 않은 금기어였지만 이미 나의 생각은 조금씩 방향을 잡아갔다. 그리고 어쩐지 결혼이 내 눈앞의 현실로 다가오는 것 같았다.

모임이 끝나고 여자친구를 집으로 데려다주는 길, 잠시 이야기를 나눴다.

"너는 어때?"
"뭐가?"
"결혼 말이야."
"아, 정말 나이 때문인가. 나는 결혼 안 해도 되는데 사람들이 언제 할 거냐고 자꾸 물어보네. 하하."

여자친구는 너스레를 떨었지만 긍정을 표하는 그녀만의 방식이라는 걸 나는 잘 알고 있다. 정 원한다면 까짓것 한번 해주겠다며, 호탕하게 말하는 것도 그녀는 잊지 않았다.

"그럼 말이야, 우리 내일 좀 알아볼까?"
"뭘?"
"음, 뭐…… 결혼하려면 뭐가 필요한지 그런 거 말이야. 하하."

피식 웃으며 돌아가는 그녀에게 손을 흔들었다. 어쩐지 그녀의 뒷모습이 그날따라 특별해 보였다면, 그 또한 말이 갖는 힘 때문이었을까. 다음날 벌어질 일은 상상도 못한 채 둥실둥실 떠 있는 기분을 마냥 누렸다.

도대체 어디서부터 시작해야 할까?

사랑이란 우리의 약점과 불균형을 바로잡아줄 것 같은
연인의 자질들에 대한 감탄을 의미한다.
사랑은 완벽을 추구하는 것이다.
—알랭드 보통, 『낭만적 연애와 그후의 일상』 중

결혼은 처음이라

카페 한편에 자리를 잡았다. 커다란 창으로 봄볕이 쏟아지는 곳.
그리고 얼른 케이크부터 주문했다. 이곳의 시그니처 메뉴인 무지
개 케이크야말로 거사를 앞두고 꼭 먹어줘야 한다는 여자친구의
강력한 주장 때문. 그렇게 한입 야무지게 베어먹은 그녀가 결혼에
대한 나의 반응이 재밌어죽겠다는 표정으로 물었다.

"그래서, 이제 뭐부터 하면 되지?"
"좋아. 이제부터 우리 결혼식의 목적, 목표부터 얘기해보자. 그리고
대략적인 일정도 잡아서 스케줄링도 하고, 예산 짜는 것도 배놓을
수 없지."

기대에 부응해야겠다 싶어 나는 더 결연하게 대답했던 것 같다. 어젯밤 그녀를 데려다주고, 오늘 무슨 얘기를 하면 좋을지 한참을 고민했다. 그리고 오늘 얘기할 것들에 대해 생각을 정리했다. 결혼이 우리에게 당면한 실체라면 그것을 최대한 목적에 맞게 현실화시켜나가는 게 내가 해야 할 일이라고 생각했으니 말이다.

"푸하하하하. 오빠 지금 무슨 회사 프로젝트 진행해?"

그녀는 무지개 케이크가 입에서 튀어나오도록 크게 웃었다. 꼭 백척간두에 몰린 회사를 구하기 위해 마지막 프레젠테이션을 하는 사람 같다며. 내가 민망해할 틈도 없이 그녀는 가방에서 묵직한 것들을 꺼냈다. 책이었다. 만화책.

"이게 뭐야?"
"우선 이것부터 볼 거야. 이론을 알아야 실전에 강해진다고. 안 그래? 크크."

『결혼해도 똑같네』, 『결혼식 전날』, 『500만 원으로 결혼하기』 등 제목에 '결혼'이라는 글자가 마구 박힌 만화책과 소설책이 탁자 위에 척척 쌓였다.

"오빠도 하나 잡고 봐. 아니다! 그냥 웹툰을 하나 소개해줄게. 초급

반은 웹툰부터야. 〈윌 유 메리 미〉 이거 기억해? 내가 종종 오빠한테 링크 보냈던 웹툰인데."

대체 이런 걸 왜 먼저 읽어야 하냐며 툴툴거리다가, 한 편 두 편 보다보니 나도 모르게 몰입해 읽게 되는 마력이 있는 웹툰이었다.

"다음 편이 궁금해! 못 끊겠어!"

우린 그렇게 만화에 취해 주말 오후를 보냈다. 음료 몇 잔을 다 마시고 빈 잔이 가득한 테이블을 보고 문득 정신이 든 걸까. 나는 물었다.

"근데 말이야, 생각하고 있던 결혼식 뭐 그런 거 없어? 결혼식의 주인공은 신부라잖아."

'신부'라니. 내가 꺼낸 말이지만 너무 어색해서 못 들은 걸로 하자고 할 뻔했다.

"허례허식 없는 작은 결혼식! 그리고 셀프! 우리나라 사람들은 남의 눈을 너무 의식해. 겉치레는 최소화하고 낭비하지 않았으면 좋겠어. 실속 있게. 그리고 남들 하는 거라고 무조건 따라 하는 건 질색이야."

그녀의 털털한 성격이 잘 묻어나는 의견이었다. 나도 적극 동의하는 말이다. 생각해보면 우리나라는 참으로 불행해지기 쉬운 나라다. 이건 이래야 하고 저건 저래야 하고. 이 모든 걸 정답처럼 정해놓고 끊임없이 눈치를 살피며 서로 평가하여 점수를 매기고 있으니 말이다. 그리고 그런 기준에서 벗어난 사람들을 주류에서 벗어나 있다고 생각하고 심지어는 좀 비정상적이라 판단하기도 한다. 아이러니하게도 이런 정답에 충분히 부응하며 살 수 있는 사람들은 지극히 소수일 뿐인데도 말이다. 다만, 그렇게 규정된 틀에 맞추기 위해 무리해서 돈을 쓰고 그 과정에서 겪게 되는 고통을 감내하며 많은 이들이 버티고 있는 건 아닐까 싶다. 거리를 지나는 이들의 표정이 유난히 경직돼 보이는 것도 이 때문일까.

어쨌든 우리는 그 모든 과정에 맞춰가며 무표정하게 결혼을 준비할 생각은 당연히 없었다. 그리고 무엇보다도 그렇게 남들 따라 결혼을 준비하다가 예산 때문에 난처해지고 싶은 생각은 더더욱 없었다. 물론 주중에는 정신없이 일하는 우리에게 가장 부족한 건 시간이었지만 말이다.

"내 친구 중에 남편이 호주 사람인 애가 있어. 근데 우리나라 전통 혼례를 했다니까."

그녀는 기억에 남는 결혼식이 있다며 친구의 얘기를 꺼냈다.

"진짜? 그럼 막 닭 날리고 그랬겠네?"

"그때 호주 사람인 백인 시아버지가 진짜 패셔너블하게 한복 입고 왔잖아. 엄청 재미있어하더라고. 특유의 흥이 있어서 우리나라 사람들처럼 막 엄숙하지도 않고. 좋아 보이더라."

시댁 어른들의 자유분방함이 판에 박힌 한국 결혼식 분위기를 바꿔놔서 좋았단다. 우린 그 모습을 상상하며 한참을 깔깔거렸다.

"내 후배는 청첩장에 인스타그램 해시태그 이벤트를 공지했어. 청첩장 받은 사람들이 인증샷 찍어서 인스타그램에 올리도록 말이야. 결혼식 날에는 빔프로젝터로 이벤트에 참여한 사람들을 보여주고, 경품 추첨까지 했다지 뭐야."

"진짜? 아이디어 좋다!"

"더 멋진 건 뭔지 알아? 그 후배가 자기네 회사 SNS 담당자라는 점이야. 직업적 면모를 결혼식 아이디어로 승화시켰다고나 할까."

"오. 의미까지 있어서 더 좋다."

우리도 서로에게 의미를 갖는 결혼식을 하면 좋겠다며 맞장구를 쳤다. 한참 동안이나 그렇게 각자가 본 인상 깊은 결혼식에 대해 이야기했다. 서로 질세라 서로가 좋았던 점들을 마구 얘기했다. 너무 열렬히 이야기했을까. 어느새 오후가 다 지나고 출출해졌다.

"그만 나가서 뭐 좀 먹을까?"

"그럴까? 내가 이 동네 진짜 맛있는 피자집 알아. 화덕으로 구운 곳인데, 이 골목 왼쪽으로 가면 말이야……"

코너를 돌면 무슨 일이 벌어질지 몰라

결국, 뭐부터 얘기할까 고민하며 준비했던, 결혼식의 목적과 일정 그리고 예산에 대해서는 한마디도 나누지 못했다. 그래도 서로가 재밌어하는 결혼식에 대해서 얘기한 게 좋은 계기가 됐다. 서로가 좋아하는 것들에 대해, 또 서로가 의미를 두는 부분에 공감하고 맞장구치며 서로의 생각을 조금 더 알게 되었으니 말이다.

"그러니까 우리 생각을 정리해보면 이거 아닐까? 스몰! 셀프! 의미!"

'스몰'은 허례허식과 맹목적 관습에 반대한다는 것을, '셀프'는 타인보다는 우리가 주체적으로 결정해나가자는 것을 뜻한다. '의미'는 우리에게 가치 있는 것들의 우선순위를 생각하자는 것이다. 좀

더 욕심을 부려보자면 결혼의 본질에 대해 더 고민해보자는 것이 기도 했다.

"오~ 오빠 정리 좀 하는데? 좋다 좋다!"

회사에서 숱하게 회의록을 정리하다보니 이런 잔재주만 느는 걸까. 그래도 이렇게 칭찬을 들으니 고래와 함께 춤도 출 수 있을것 같다. 자신감만큼은 이미 웨딩 플래너가 된 기분이랄까.

실은 그런 자신감이 괴로움으로 바뀌기까지 오랜 시간이 걸리진 않았다. 바로 저 세 단어가 결혼을 준비하는 내내 우리에게 악착 같이 달라붙어, 뒷목을 뻐근하게 만든 게 한두 번이 아니었으니 말이다.
'스몰'이라는 말은 그만큼 많은 것을 포기해야 함을, '셀프'라는 말은 수없이 많은 노동력과 시간을 쏟아부어야 함을, 그리고 '의미'라는 말은 남들보다 훨씬 더 많은 고민을 해야한다는 걸 그때는 실감하지 못했다.

무엇보다, 특별한 결혼식은 특별히 많은 비용을 수반할 수밖에 없다. 심플하게 논두렁 한가운데서 밥솥만 놓고 피로연을 하려면 논두렁 섭외부터 무쇠 가마솥 운반과 설치까지 보통 일이 아니게 된다. 심플하고도 예쁜 '킨포크' 스타일이야말로 럭셔리의 끝이라는 사실이 피부로 와닿는달까. 그녀는 결혼을 하고 난 다음에도 우리의 이날을 되돌아보며 농담처럼 말하곤 한다.

"그때 만화를 읽을 게 아니라 당장에 웨딩 플래너를 만났어야 했어!"

그래도 뭐 어때. 코너를 돌면 무슨 일이 벌어질지 모르는 게 인생이다. 그것을 즐기는 게 삶에 대처하는 바른 자세라고 생각한다. 중요한 건 고통을 피하는 게 아니라 우리가 진짜 좋아하는 게 뭔지 아는 것이다. 그리고 그것들을 알기까지 기꺼이 삶의 나날들을 함께 보내는 게 바로 결혼생활일 테고. 우린 이제 막 코너에 접어들 준비를 하고 있었다. 바로 우리 눈앞에 무슨 일이 펼쳐질지 기대하며. 두근거리는 마음을 품고서 말이다.

"피자는 오빠가 쏘는 거지?"
"왜? 부부는 평등한 거야. 사다리 타자!"
"뭐? 지난번에도 내가 쐈잖아!"
"부부는 경제 공동체야."

결국 사다리를 타 내가 당첨됐다. 사다리 타기를 제안할 때만 해도 내가 본전도 못 건질 줄은 몰랐다. 그렇기에 인생은 한 치 앞도 내다볼 수 없다고 하나보다.

그녀는 깔깔거리며 어떤 피자를 먹을지 고민했다. 휴대폰 화면을 휙휙 넘기던 그녀가 맛있어 보이는 피자 사진을 한 장 내밀었다. 나중에 있을 결혼식보다 지금 당장 입에 넣을 뭔가를 고르는 게 우리에겐 더욱 절실했다.

STEP 3

평범한 결혼식장이 거기 있는 이유

기술복제시대는 과거의 명품 결혼식을 시뮬레이션한다.
연미복과 드레스를 입고 왕자와 공주를 연출하는 것은
서구 중세 궁정의 시뮬레이션이다.
그나마 오늘날의 결혼식은 수공의 단계를 넘어
대량으로 찍어내는 기계적 복제가 되었다.
—진중권, 『호모 코레아니쿠스』 중

다들 이렇게 해왔던 거였어?

"세상에, 이게 다 뭐야?"

어디서 구했는지 여자친구는 엑셀파일 뭉치들을 가져왔다. '결혼 준비 리스트.xls', 'D-180.xls' 등의 이름을 달고 있는 파일들이다. 하나의 파일은 다시 여러 개의 시트로 나뉘어 있었다. 그리고 각 각의 시트들은 결혼 준비 일정과 세부적인 체크리스트로 구성돼 있었다. 그 모든 칸들에 정보와 예산 및 지출 내역들이 깨알처럼 자리하고 있었다.

"오빠, 내 친구가 결혼할 때 조사한 거래. 그리고 인터넷 카페 같은 곳 에서도 구했어. 보니까 웨딩 플래너 만나면 이런 걸 주기도 하나봐."

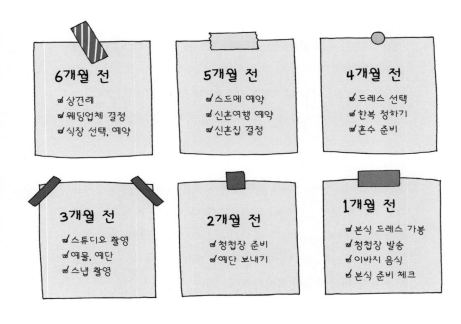

6개월 전
- ☑ 상견례
- ☑ 웨딩업체 결정
- ☑ 식장 선택, 예약

5개월 전
- ☑ 스드메 예약
- ☑ 신혼여행 예약
- ☑ 신혼집 결정

4개월 전
- ☑ 드레스 선택
- ☑ 한복 정하기
- ☑ 혼수 준비

3개월 전
- ☑ 스튜디오 촬영
- ☑ 예물, 예단
- ☑ 스냅 촬영

2개월 전
- ☑ 청첩장 준비
- ☑ 예단 보내기

1개월 전
- ☑ 본식 드레스 가봉
- ☑ 청첩장 발송
- ☑ 이바지 음식
- ☑ 본식 준비 체크

이런 게 있다면 좋을 것 같다고 어렴풋이 생각했는데 막상 엑셀 파일의 깨알 같은 내용들을 읽고 있자니, 먼저 이 길을 걸어간 선구자들이 새삼 대단해 보인다. 부모님 상견례, 결혼식장 예약, 드레스 투어, 청첩장 제작, 이바지 음식 준비, 함 준비 등등…….

"다들 이렇게 준비하는 거야? 이걸 다? 진짜로?"

타이트한 타임라인을 보고 있자니 숨이 컥 막히는 게, 아무리 보고 있어도 당최 무슨 의미인지 모르겠는 복잡한 암호 같다.

"형편 되면 할 수도 있겠지만 현실적으로 이걸 어떻게 다 해. 그냥 참고만 하는 거지."
"아니, 그렇다고 해도 뭐 이렇게 참고할 게 많지? 전부 참고하다가는 탈모가 먼저 올 것 같아. 난 대머리로 결혼하고 싶진 않은데."

꼭 낯선 곳으로의 여행을 준비하는 것 같았다. 낯선 그곳이 어떤 곳인지 궁금해서 이것저것 찾아보다가, 보고 싶은 것들이 생기고 하고 싶은 일들이 나타난다. 결국 그것들을 차곡차곡 챙기며 여행하다보면 아무래도 시간이 부족하다 느껴졌고, 그러다 허둥대기 일쑤였다. 돌이켜보면 현지의 분위기와 매력을 충분히 누리고 오지 못했다. 어떤 면에서 실패한 여행이었다.

마찬가지로 결혼을 준비하며 이것저것 모두 챙기다 가장 중요한 것을 놓치는 건 아닐까 걱정스러웠다. 정신없이 지나고 나서 내가 그때 그 당시 뭘 했는지 기억도 못하게 되는 건 아닐지. 문득 그런 생각이 들었다. 실패한 결혼식을 만들고 싶진 않았다.
소원을 들어주겠다며 호의를 보인 알렉산더대왕에게 "지금 당신이 햇빛을 가리고 있으니 좀 비켜주슈"라고 말한 디오게네스처럼 여유와 자기만의 관점을 가지는 것이 가장 중요한 것일 테다. 실로 그런 주관과 방향성이 우리가 어떤 일을 할 때 꼭 필요한 것일 테고 말이다.

디오네게스 부부

알렉산더 플래너

"오빠. 자기만의 관점 이런 거 다 좋은데, 결혼식장은 좀 빨리 예약하는 게 맞는 것 같아. 여기 파일 한번 봐봐. 항상 첫번째 단계에 나오는 게 상견례랑 결혼식장 예약이잖아."

엑셀 파일을 멍하니 보고 있는 내게 정신 차리라는 듯 그녀가 손가락으로 모니터를 톡톡 두드리며 알려준다. 결혼식장 예약이 힘들다는 얘기는 익히 들어 알고 있었다. 1년 전에 예약해서 겨우 좋은 시간대를 차지할 수 있었다는 친구도 있었다.

"그래 좋아! 우리도 식장부터 알아보자."

예약이 쉽지 않다는 이유도 있지만, 무엇보다도 식장을 예약하면 앞으로의 여정을 위한 디데이를 정하는 것이나 다름없었다.

"디데이가 정해지면 그곳을 향해 달려가는 쫀쫀한 긴장감이 있잖아. 푸핫."

장난스럽게 한 말이었지만, 이 쫀쫀함이 입술이 바싹바싹 마르는 타이트한 타임라인으로 바뀌는 데엔 오랜 시간이 필요치 않았다. 이렇게 하는 게 맞나 싶었지만 우린 원하는 결혼식장 리스트를 만들어 일단 전화부터 돌렸다. 우리끼리 아무리 오래 얘기해봐야 뭔가를 더 알아낼 수는 없는 법이었다.

"여보세요? 네, 거기 대관료나 식대는 어떻게 되나요? 예약 가능한 날짜는요?"

그렇게 하루종일 십수 개의 예식장에 문의를 했으려나.

"여긴 대관료가 저렴한 대신 밥값이 비싸."

"여긴 밥값은 싼데 음료가 불포함이네. 필수 옵션도 많고."

"여긴 다 좋은데 예약일자가 도저히 안 나온다."

사람들이 원하는 건 모두들 비슷비슷해서인지 조건이 맘에 드는 곳은 날짜가 없었다. 예약 가능한 날짜가 있는 곳은 반대로 조건이 별로였다. 그리고 무엇보다 우려스러운 건 생각보다 비싼 가격.

"공장에서 찍어내듯 하는 결혼식은 별로야."

나도 동의한다. 우린 가급적 같은 시간에 동시 예식이 열리는 곳은 피하고 싶었다. 비싸고 화려한 곳이 아니더라도 우리에게 특별한 곳이었으면 했다. 그러면서 의미도 있다면 좋을 것 같은데. 맘에 드는 곳들은 비용이 만만치 않았다. 이러니까 빚내서 잔치한다는 말이 나오나 싶다. 사실 까짓것 한 번 무리하면 예약이야 못하겠냐만은 당장에 돈 들어갈 곳들이 줄 서 있는 마당에 하나를 선택하면 다른 것들을 포기해야 하는 게 문제였다.

그리고 한 가지 더. 그동안 결혼식장을 다니며 축의금으로 족히 수십 번은 5만 원을 냈었는데, 식비가 5만 원이 넘는 예식장도 많다는 걸 이제서야 알게 됐다. 이런 현실감각을 가질 수 있게 되는 것도 결혼 준비를 통해 배울 수 있는 점일까. 갑자기 등골이 오싹해지며 소화가 잘 안 되는 것 같다. 애써, 정성과 마음이 중요한 거니까 그냥 좋은 추억으로 간직하자며 그녀와 크게 한번 웃었다.
우린 가난하지만 참 구김살 없이 자란 밝은 커플이다.

현실이 알려주는 또다른 진실

몇 날 며칠 결혼식장 찾기에 몰두하다보니 문득 학생 때 읽었던 책 한 권이 떠올랐다. 진중권 교수의 『호모 코레아니쿠스』라는 책인데, 거기에 판에 박힌 결혼식을 비판하는 내용이 나온다. 현대 한국 사회에서 고딕 건축으로 이뤄진 예식장 그리고 중세 귀족들의 드레스, 드라이아이스가 뭉게뭉게 피어나는 판타지적 장면은 키치적이며 미발달한 미감이라나. 그런 그의 비판에 무릎을 치며 공감했던 것 같다. 조목조목 틀린 말이 하나도 없으니 말이다. 그리고 그때부터였는지 모르겠다. 그렇게 키치적인 결혼식은 절대 하지 않아야겠다고 다짐을 했던 게.

그런데 이제 와서 보니 왜들 그렇게 판에 박힌 결혼식을 하는지 조금은 알 것 같다. 교통 여건도 나쁘지 않고 식사도 나쁘지 않고,

확 끌리는 곳은 아니지만 이것도 무난 저것도 무난, 그냥 '무난 무난 종합선물세트'로 적당한 곳이니까. 판에 박힌 예식장은 싫지만 아이러니하게도 그렇게 규격화된 곳에서, 가장 큰 합리성을 찾을 수 있었다. 이 또한 현실이 알려주는 또다른 진실이었다.

"하아, 정말 시골 교회에서 몰래 결혼하고 싶다. 가족들이랑 친한 친구들만 초대해놓고."
"오빠, 무슨 말이야. 시골 교회에서 하려면 적어도 교통은 우리가 준비해야지. 그리고 식사는 또 어째. 어휴."

답답한 마음에 농담으로 던진 말이었는데, 생각해보니 이마저도 쉽지 않을 것 같다. 처음이라 서툰 우리의 모습들 때문인지 냉정한 현실을 받아들여야 하는 것 때문인지 괜스레 여자친구에게 미안해진다. 스몰, 셀프, 의미. 이 세 가지의 보물섬을 향해 가는 우리의 모험이 시작부터 거센 풍랑을 만난 걸까.

서울 시내에 흔해빠진 결혼식장의 수만큼 고민의 수는 늘어가는 것 같다. 이상을 향해 돌진하는 패기와 냉혹한 현실 속 좌절감 사이에서, 우리는 우리만의 방법을 찾을 수 있을까. 깜짝 놀랄 만한 균형감각이 절실했다. 집에 돌아와 오늘 조사한 자료들을 차곡차곡 정리해본다. 참고할 자료는 점점 더 많아지고 그럴수록 생각은 더 많아지는 밤이다.

STEP 4

그녀의 부모님을 만난다는 것

만남이란 놀라운 사건이다.
너와 나의 만남은 단순히 사람과 사람의 만남을 넘어선다.
그것은 차라리 세계와 세계의 충돌에 가깝다.
너를 안는다는 것은 나의 둥근 원 안으로
너의 원이 침투해 들어오는 것을 감내하는 것이며,
너의 세계의 파도가 내 세계의 해안을 잠식하는 것을 견뎌내야 하는 것이다.
—채사장, 『우리는 언젠가 만난다』 중

준비된 사람이란

"그래. 결혼하고 나서 살 집은 준비되었나?"

"그게…… 아직……"

"아니, 서울에 아파트 한 채 못 구하면서 결혼할 생각을 했단 말이야? 그리고 자네, 항상 그렇게 야근을 한다며. 뭐? 주말에도 종종 나간다고? 그러고선 우리 딸을 데려가려고?"

"아…… 아닙니다 아버님. 그게 아니에요. 잠깐만요. 잠깐만 제 말을 들어보세요……!!"

아, 깜빡 잠든 것 같은데 그 사이에 악몽을 꿨다. 오늘은 여자친구의 부모님을 만나는 날. 평소와는 다른 멋짐을 장착해야 하는데 어떻게 해야 좋을지 몰라 일단 미용실에 갔다. 그리고 미용사가 내 머리를 만지자마자 나는 영락없이 잠이 들었다. 여자친구에겐 하나도 걱정하지 않는다고 했는데, 내가 호감형이라 어머님들이 좋아하는 스타일이라고 큰소리 뻥뻥 쳤는데, 역시 허세였나보다. 은근히 걱정하던 부분이 꿈이라는 실체로 등장하는 걸 보니.

"뭘 그렇게 걱정해. 걱정 안 해도 된다니까."

그녀가 긴장한 나를 다독였다. 너는 너희 엄마 아빠니까 걱정 안 해도 되겠지라는 말이 목구멍까지 나왔다가 들어간다. 못난 마음이 괜스레 뾰족해진다. 내가 준비가 덜 된 사람처럼 보일까봐 조바심이 나서였을까.

대학 동기 H는 애인의 부모님을 만났을 때 PPT를 준비해 가 프레젠테이션을 했다고 한다. 집은 어떻게 구할 거고 자금 융통은 어떻게 하겠다는 등 청사진을 포함시켜서 말이다.

"와, 무슨 스티브 잡스도 아니고! 너무 오버하는 거 아냐?"

입을 헤 벌리고 듣다가 뭐 그렇게까지 할 필요가 있나 싶어 면박을 줬는데, 벌써 몇 년 전에 들었던 이야기가 하필 지금 떠오르는 건 왜일까. 나도 PPT로 준비할 걸 그랬나. 아주 기가 막히게 만들 줄 아는데.

아차 하는 마음이 들었지만 이미 늦었다. 그래도 형식보다는 역시 콘텐츠가 중요하니까 알찬 대답이나 해야겠다고 마음을 고쳐먹었다. 이렇게 걱정이 앞서는 건 어젯밤도 매한가지. 잠자리에 누워 몇몇 예상 질문을 뽑아보았다. 부모님은 뭐하시는지, 형제 관계는 어떻게 되는지, 회사는 어디에 있고 무슨 일을 하는지 등등 디테일한 신상은 물론 앞으로의 건설적인 미래까지. 그중 아무리 고민을 해봐도 딱히 뾰족한 방법이 보이지 않으면서 결코 피할 수 없는 문제가 있었으니 바로 '집'. 앞으로 어디에 살지에 대한 부분이었다.

"그걸 왜 오빠 혼자 고민해. 고민하면 답 나와? 나이 서른찍이나 넘어서 부모님 도움받는 게 더 창피한 거지. 걱정 말아!"

걱정 말라는 그녀가 실은 자기 통장에 십억 정도 있다며 윙크를 날려준다면 진짜 하나도 걱정 안 할 텐데. 나도 잘 알고 있다. 현실에서 그런 일은 결코 없다는 것을.

"오빠. 우리가 모아둔 돈은 적지만 그래도 우리 둘 다 월급 꼬박꼬박 나오잖아. 어디 우리 둘이 구겨져서 잠잘 곳 하나 못 구하겠어? 안 되면 그냥 월세 살지 뭐. 1년에 한 번씩 동네 바꾸면 재밌을 것 같아!"

그녀가 간단한 문제인 듯 말하는 걸 들으니 정말 그래도 괜찮을 것 같아 어쩐지 마음이 가벼워진다. 내가 그녀를 좋아하는 이유가 이런 것 때문 아닐까. 가만히 보면, 그녀와 나는 세상을 조금 다르게 바라본다. 이를테면 내가 예측 불가능한 것에 대해 불안해할 때, 그녀는 뭐가 나타날지 모르는 그 상황을 흥미로워한다. 내가 피할 수 없는 커다란 문제에 집착하며 어떻게든 답을 찾기 위해 매달리는 스타일이라면 그녀는 일단 쉬운 문제부터 하나씩 홀홀 털어버리는 스타일이고 말이다. 당연하게도 그녀와 나는 결혼을 준비하는 방식도 달랐다.

집을 마련하는 것은 결혼 준비에 있어 가장 큰 문제 중 하나였다. 게다가 부모님 도움 없이 우리끼리 알아서 마련하겠다고 마음먹은 이상, 현실적인 대책이 꼭 있어야 했다. 나는 그 문제 때문에 실은 요 며칠 상당히 골치 아픈 날들을 보내고 있던 차였다. 그러던 차에 그녀의 쿨한 대답은 오히려 통쾌하게 들렸다. 매년 월세로 새로운 동네에서 살면, 그것 또한 살면서 누릴 수 있는 호사스러운 행복 중 하나가 될 수 있겠다니. 현재에 충실한 그녀다운 해결책이었다. 키득거리며 같이 얘기하고 있자니 뭘 또 그렇게 심각하게 고민했나 싶기도 하고 말이다.
그래도 그렇게 지나치게 낙관적인 얘기를 그녀의 부모님에게까지 할 수 없으니 좀더 현실적인 대책을 준비하고 싶었다. 적어도 서울시 평균 전세금이 얼마인지 정도는 알아야 할 것 같았다. 그리고 내가 지금까지 모은 돈에 그녀가 모은 돈을 합쳐, 회사대출, 신용대출, 전세대출…… 각각 이율을 계산해보면 어떻게 자금 포트폴리오를 그려야 할지 대략 알 수 있지 않을까.

그 모든 것을 디테일하게 알 필요는 없겠지만, 그렇다고 큰소리만 뻥뻥 칠 수도 없는 노릇이다. 이런저런 생각이 머릿속에서 뒤죽박죽 엉켰다. 결혼을 하겠다고 호기롭게 포문은 열었는데 막상 어느 쪽으로 쏴야 할지 몰라 온종일 두리번거리는 느낌이었달까. 미용실에서 나와 그렇게 엉킨 실타래 같은 마음을 안고 약속 장소로 향했다.

부족한 면을 서로 채워줄 수 있는 사이

만남의 장소는 서울 강동의 한 일식집. 좁디좁은 입구가 매력적인 이곳에 도착했고, 주차를 하기 위해 애쓰는 중이었다. 뒷차가 조금만 더 물러나주면 좋으련만 왜 이렇게 바짝 붙어 있지 하고 생각하는 찰나 그녀가 소리친다.

"엇, 뒤에 엄마 아빠다!"
"응?"

그러니까 내가 주차를 하고 있는데, 내 뒤에서 내가 주차하기만을 기다리고 있는 차의 주인들은 다름 아닌 그녀의 부모님이었던 거다.

도로 위에서 함부로 싸우지 말라는 옛말이 틀린 게 하나도 없다. 나는 엉거주춤 차에서 내려 뛰어가 인사를 드렸다. 내가 한발만 늦게 도착했어도 좋았으련만. 나는 의도치 않게 예비 장인어른과 장모님 앞에서 주차를 위해 차를 앞뒤로 열 번씩 뺐다 들어갔다를 반복해야 했다. 등에서는 땀이 났다. 운명의 신은 나를 골탕 먹이고 어디선가 낄낄거리고 있을 게 분명했다.

"주차를 못해서 귀여운 사윗감이라고 생각하시진 않겠지?"

그녀가 키득거리며 방으로 먼저 들어갔다.

"멀리까지 오느라 고생 많았네. 여기 맛있는 집이니 어서 앉게."

첫마디가 '주차 연습 좀 해라'가 아니어서 다행이지만, 음식이 깔리고 문이 닫히자 컥 하고 가슴이 막히는 것 같았다. 이제 정말 물러날 곳이 없었다.

"네. 감사합니다."

이렇게 불편한 자리가 또 있었나. 군 시절에 대대장님이랑 같이 밥 먹었던 일, 회사에서 사장님이랑 같이 엘리베이터를 탔던 일이 상상 속에 강제 소환된다. 가슴이 쿵쾅거리며 답답해져오지만 오늘은 좋은 날이니 그렇게 긴장되는 날과 비교하지 말자며 허벅지를 꼬집어본다.

"그래. 우리 경진이랑 결혼을 하겠다고?"

아버님이 경상도 분이라고 들었는데, 그래서인지 처음부터 돌직구를 날리신다.

"네. 그렇습니다."

신중하지만 결단력 있게.

"음. 그래. 서로 행복하면 그만이지."
"당신은 무슨 질문이 그래요. 다들 배고플 텐데 음식부터 들면서 얘기 나눠요."

어머님이 분위기를 풀어주셨다. 그렇게 음식을 먹으며 얼마간의 대화를 나눴을까. 자연히 나를 편하게 해주시려고 노력하고 계신다는 걸 알 수 있었다. 이 자리는 인터뷰도 아니고 비즈니스 협상 테이블도 아닌, 한 가족을 맞이하기 위한 자리였으니 어찌 보면 당연한 것이었다. 그 간단한 사실 하나를 알기까지 얼마나 많은 시간들을 고민하고 걱정하며 보냈나 싶다.

"어머님. 경진이 매일 퇴근이 늦어서 걱정 많으시죠?"

대화가 급물살을 탄 건 의외의 소재에서였다. 그녀의 밤늦은 퇴근은 당연히 부모님의 걱정거리였다. 물론 내 걱정거리이기도 했고. 적당히 일하다가 얼른 칼퇴하면 좋으련만 내가 그렇게 말할 때마다 그녀는 정색하며 싫어했다. 자기 일에 자부심을 갖고 하루하루 열심히 살고 있는 거니까. 생각해보면 내가 이래라저래라 하는 것도 말이 안 된다. 그래도 걱정이 되는 건 어쩔 수 없는 현실이다. 어머님은 그녀가 늦게 들어오는 날엔 종종 지하철역 앞에까지 나가서 기다리신다.

바로 이 부분에 부모님은 격하게 공감해주셨다. 나중에 시간이 지나고 들은 말인데, 그녀의 늦은 퇴근에 부모님과 내가 한 편이 되어 흥분하는 모습을 특히 좋게 보셨다고 한다. 원래 누군가를 적으로 만들면 나머지 사람들끼리는 똘똘 뭉치는 법인데, 그래서 그런가. 그녀가 우리의 적은 아닌데. 후에 진짜 좋아하신 것 맞냐는 내 물음에 그녀는 격렬히 고개를 끄덕였다.

"사람은 누구나 부족한 거네. 부족한 면을 보고 실망하는 게 아니라 서로 채워줄 수 있어야 부부인 거고. 그런 마음가짐이 있어야 결혼도 할 수 있는 거네."

음식이 모두 나가고 후식이 들어왔을 즈음 아버님이 말씀하셨다.

송곳 같은 질문이 있기보다는 오히려 분위기를 편하게 해주는 말들을 해주셨다. 이런 게 연륜이라는 건가. 걱정했던 '집'에 대한 얘기, 앞으로의 계획에 대한 얘기는 일절 하지 않으셨다. 아마도 그녀가 걱정하는 내 모습을 보고 수를 쓴 게 틀림없다. 아니면 당신의 딸을 믿고 애초에 그런 것들보다는 더 중요한 것들에 대해 얘기하고 싶으셨는지도. 너무도 당연한 것이지만 소홀히 넘길 수 있는, 중요한 것. 바로 그 사람이 어떤 사람인지, 그 사람의 본질과 됨됨이에 대해서 말이다.

그렇게 긴장되던 그녀의 부모님과 만나는 자리는 별 탈 없이 지나갔다. 걱정했던 것에 비하면 난처한 질문도 없었고, 대답하지 못할 말도 없었다.

"아, 이거 뭐 별거 없네. 하하하."

자리를 마치고 이렇게 허세를 부릴 수도 있었으니 말이다. 시원한 봄바람을 맞으며 그녀가 사는 동네를 한 바퀴를 돌았다.

"오빠, 근데 왜 자꾸 걷자 그래? 혹시 체했어?"
"아, 어, 음, 그러니까…… 배가 좀 아프긴 한데."

과도한 긴장은 소화기관을 불편하게 만든다나. 한때 간호사였던 그녀는 내 등짝을 퍽퍽 후려치며 웃었다. 시원한 바람을 타고 등 짝 스매싱의 소리가 골목길에 울려퍼졌다.

STEP 5

걸리고야 말았네, 결혼 준비 증후군

인생에서 가장 중요한 것은 '자기 결정권'을 행사하는 일이다.
'자기 결정권'이란 스스로 설계한 삶을 옳다고 믿는 방식으로
살아가려는 의지이며 권리이다.
—유시민, 『어떻게 살 것인가』 중

직진으로 달려오는 현실

다시 주말. 집중해서 결혼 준비를 할 수 있는 황금 같은 시간이지만, 몇 주째 그런 주말을 제대로 활용하지 못하고 있었다. 본격적으로 결혼 준비를 하면서부터 주말에 생산적인 일을 하지 못하면 죄책감이 든다. '급성 결혼 준비 증후군'이라고 내가 명명한 이 병에 한번 걸리면 괜히 시간에 쫓기고 머릿속으로 끊임없이 일정과 비용을 계산하며 비교 견적을 뽑게 된다. 때때로 가슴이 답답해지고 '이럴 바에야 그냥 무인도로 이민 가서 살지'라는 말을 수시로 뱉게 되는 증상도 있다.

우린 벌써 몇 주 전부터 예식장을 알아보고 있었다. 예약을 하고 나면 그나마 시작한 느낌이 나며 병환이 좀 나아질 듯했지만 쉽

지 않았다. 예식장을 찾아가 직접 상담을 받아보기도 했지만 정
보가 많아지니 오히려 혼란스럽다.

합리적인 가격이지만 여러모로 불편하지 않은 곳, 멀리서도 쉽게
찾아올 수 있는 교통이 편리한 곳, 동시 예식이 없으며 예식과 예
식 사이 시간이 충분한 곳, 그러면서 둘만의 의미를 찾을 수 있는
곳, 우리만의 예식을 위한 맞춤 서비스가 가능한 곳, 밥이 맛있어
서 한 그릇 더 갖다 먹고 싶은 그런 곳을 찾고 싶었다.

까딱까딱 펜을 돌리다 문득 생각했다. 내가 떠올린 잣대들을 들
이대면 과연 그런 장소는 이 땅에 남아 있을까. 실은 첫번째 잣대
부터 크나큰 짐이다. 합리적인 가격이면서 불편하지 않은 곳이라
니. 세상에 싸고 좋은 건 없는데 말이다.

**"야, 사실 그거 다 돈 문제지. 오죽하면 이런 말도 있겠냐? 돈으로 해
결 안 되는 게 있다면, 돈이 모자란 건 아닌지 확인해보라!"**

주머니 속 예산을 가지고 이리저리 고민하고 있는 나를 보며 한
친구가 말했다. 세상에나. 너무 맞는 말이라 무릎을 탁 치면서 친
구의 머리통도 탁! 치고 싶어지는 말이다. 자원은 유한한데 인간
의 욕망은 끝이 없는 데서 불행은 시작된다. 그렇다면 자원을 늘
리거나 욕망을 줄이거나. 바로 그 둘 사이의 적정선에서 타협을
해야 하는데, 욕심 많고 가난한 우리는 오늘도 여기저기 검색을
한다. 혹시나 그 갭을 줄이는 마법 같은 방법이 있지 않을까 하는

희망을 품고 말이다.

"이러지 말고 오늘 동문회관에 직접 가보자. 이번에도 허탕이면 그냥 근처에서 오랜만에 데이트나 하지 뭐. 그게 더 재밌겠다."

언제나 쾌활한 그녀는 문제를 단순화해서 바라보는 능력이 탁월하다. 일어나지 않을 일까지 걱정하며 고민의 탑을 쌓는 내 성격과는 정반대라고나 할까.

"그래 좋아! 날씨도 이렇게 화창한데 앉아만 있기도 아깝다. 얼른 가자!"

그래도 이렇게 죽이 잘 맞는 걸 보면, 우린 나름 잘 어울리는 커플이다. 그렇게 그녀에게 우리의 잘 어울림에 대해 또 한번 강조하며 동문회관으로 향했다.
우리가 정한 결혼식 원칙에 맞게 '스몰'의 의미를 살릴 수 있는 장소를 잡고 싶었다. 우리의 결혼을 진심으로 축하해줄 수 있는 소수의 손님들만 모시고, 도란도란 이야기를 나눌 수 있다면 좋을 것 같았다. 우리가 어떻게 만났고 어떤 의미 있는 시간들을 계획하고 있는지. 우리를 잘 아는 사람들과 함께 즐길 수 있는 웨딩 토크 콘서트를 연다면 어떨까 상상했다.

"근데, 그래도 직장에는 청첩장이라도 돌려야 하지 않을까? 내 친구는 작은 결혼식 한다고 몇 명한테만 청첩장 돌렸는데 그것 참 주는 사람이나 받는 사람이나 좀 난감한 부분이 있더라. 빤히 얼굴 알면서 못 주는 상황은 더 난감하고 말이야."

그녀가 말했다. 작은 결혼식을 하는 사람들이 늘어나는 추세인 건 맞다. 나 또한 주변에서 그런 사람들을 몇 번이나 봤다. 그치만 남들에게 '미안하지만 초대하지는 못한다'는 말도 아무나 하는 게 아닌 것 같다. 수년간 회사생활을 하며 때론 도움을 받기도 하고 주기도 하면서, 그렇게 얽히고설킨 관계들이 분명 있었다. 그 모든 것들을 뒤로하고 이번만큼은 내 주관대로 하겠다고 선언하는 건 어쩐지 못할 일이지 싶었다.
그리고 아주 현실적으로, 부모님들이 그동안 해온 축의금 문제도 있다. 당연히 부모님들은 상호부조의 의미로 수십 년간 내온 축의 금일 텐데 이번에 혹시 돌려받지 못할 수도 있다면 어떤 생각을 하실까.

"나는 직장생활 30년 넘게 하면서 남들 셋째 자식 결혼하는 것까지 다 갔다."

아버지 말씀이 문득 생각났다. 그렇다고 초대는 못 하지만 축의금 만 보내달라고 할 수도 없는 노릇이다. 한편으로는 이 문제가 꼭 부모님들만의 문제일까 싶기도 하다. 냉정하게 따지고 보면 나 또한 이 축의금의 문제에서 자유로울 수 없으니 말이다.

생각이 거기까지 미치자 대체 이 악순환의 시작은 어디서부터였을까 싶다. 언젠가는 끊어야 할 텐데. 게다가 비혼주의자도 늘어나는 추세인데. 서로가 부담스럽고 맘 상할 수 있는 이 고리는 누가 먼저 끊을 수 있을까.

어느 작가는 자녀 결혼식의 축의금을 정중히 거절했다고 한다. 내가 본 결혼식 중에서도 그런 결혼식이 있었다. 축의금은 '정중하게 사양한다'는 문구가 예식장 입구에 써 있던 결혼식. 하객들은 혼주의 진보적인 가치관과 과감한 실행력을 하나같이 칭찬했다. 나 또한 다른 하객들과 함께 박수를 쳤다. 그러면서도 나는 과연 이렇게 할 수 있을까 확신할 수 없었다. 언제나 '현실'이라는 말은 우리의 발목을 끈덕지게 잡기 때문이다.

"어렵다. 이것도 성격에 맞아야 하지."
"그러게. 스몰웨딩이 그렇게 유행이지만, 또 하객 안 올까봐 알바 쓰는 예식이 있는 것도 사실이잖아. 동시대 사람들인가 싶네."
"우리는 뭐, 그냥…… 우리식대로 하면 되지."

며칠을 더 고민했을까. 소박하게 스몰웨딩을 하는 것도 쉽지 않다는 현실을 마주하고 좌절했던 시간이기도 했다. 고민과 좌절도 자꾸 하면 습관인지라 이제 그만 훌훌 털고 싶었다. 작은 규모의 아

기자기함은 포기하더라도 넉넉한 객석을 준비하고 우리만의 의미를 담아낸다면 만족스럽지 않을까. 그래서 우리가 탐냈던 시민청, 청와대, 양재 시민의 숲 등 나름 이상에 가까운 예식장들은 후보 리스트에서 북북 지워버렸다. 생각보다 많은 하객을 초대하기 어려운 곳이기 때문이었다. 지우고 나니 우리의 예산으로 택할 수 있는 현실적 선택지가 많지 않았다.

"여기가 딱이야!"

그녀가 욕심을 냈던 곳은 바로 우리가 졸업한 학교의 동문회관이었다. 건물 전체에서 오직 한 번에 하나의 예식만 진행한다는 장점이 있는 곳. 예식과 예식 사이의 시간도 충분한 편이라 결혼식 특유의 번잡스러움도 없는 곳이었다. 게다가 좌석은 원탁으로 되어 있어 부지런히만 움직인다면 원탁 위에 작은 소품과 사진 등으로 우리만의 장식을 할 수도 있었다. 이 점은 우리의 창작욕을 자극하기에 충분했다. 그리고 무엇보다 그녀와 내가 동문인 점을 생각해보면 의미도 있었다.

그렇지만 언제나 예약이 문제. 동문들 사이에서 나름 인기가 있는 이곳은 6개월 전은 기본, 좋은 시간대를 위해서 1년 전에 예약하는 경우도 있었다. 대학 동기 K는 수다스럽게 무용담을 늘어놨다.

"나는 진짜 거의 1년 전에 예약했다니까. 나 혼자 가서 미리 예약해 놓고, 여자친구한테 프러포즈하면서 '짠' 하고 예약한 거 보여줬다는 거 아니겠냐. 크크크."
"아니, 헤어지기라도 하면 어쩌려고."
"나도 사실 바로 그 점을 걱정했지! 근데 누가 알아? 이 예약 때문에 안 헤어진 걸 수도 있잖아?"

재밌는 건 같은 날 앞 타임에 두 커플이나 있었는데 두 커플 모두 예식을 취소했다고 한다.

"진짜? 근데 그걸 어떻게 알아?"

예식장측으로부터 연락이 왔단다. 앞 커플이 모두 빠졌으니 원하는 시간대가 있다면 변경해줄 수 있다고 말이다. 그래서 지금 당장은 원하는 날짜에 자리가 없다 하더라도 예약을 걸어두면 의외로 자리가 생길 수 있다는 꿀팁을 내게 전해줬다.
예약금까지 있는 이곳에 취소율이 그렇게 높다는 건 의외다. 사랑하는 사람을 만나기도 어렵지만, 결혼을 현실로 만들어나가는 과정 또한 만만치 않다는 증거일까.

"어쩐지 다른 사람의 불행에 베팅하는 것 같아 씁쓸한데……."
"꼭 헤어져서 취소하는 법 있냐. 더 좋은 곳을 찾아서 취소할 수도 있

는 거고, 사정이 생겨서 취소할 수도 있는 거지. 좋게 생각해. 어쨌든 현실은 현실이야."

현실은 현실이라는 말이 무슨 의미인지 잘 모르겠지만, 이 모든 가정들이 부인할 수 없는 현실이라는 맥락인 듯하다. 의외로 높은 취소율을 알고 흠칫 놀란 건 기분 탓이겠지? 어쨌든 상상 이상의 취소율은 너도 이 확률 속에 예외일 수 없다며 나를 향해 직진해 달려오는 커다란 현실이었다.

타인의 불행과 나의 행복

서둘러 도착한 동문회관. 주말의 예식장이 다 그렇듯 결혼을 준비하는 사람들과 결혼식에 온 사람들로 북새통이었다. 예약 사무실도 예외일 수 없다. 한복을 입은 혼주들이 잔금을 치르는 곳. 곧장 신혼여행을 떠나려는 부부들이 커플티를 입고 마지막 서류를 확인하는 곳. 그런 곳에 나는 지금 서 있다. 진짜 '결혼 월드'에 입성한 기분이랄까.

"보셨어요?"
"뭘요?"

예식장은 둘러봤냐는 물음이었다. 상담을 담당하는 직원이었다.

"여긴 딴 세상 같다."

여자친구에게 속삭이자 직원이 재밌다는 듯 자세히 설명해준다. 이곳에서 예식을 하면 대관 비용이 얼마나 드는지, 꽃 장식과 폐백실 비용은 얼마나 되는지. 식사는 어떤 종류가 있으며 필수로 선택해야 하는 옵션들은 무엇인지. 그 직원은 수백 번 같은 말을 해온 사람답게 능숙하게 우리에게 설명했다. 그렇게 기본적인 정보들을 듣고 나서 우린 조심스럽게 본론으로 들어갔다.

"저…… 취소율은 얼마나 되나요?"

마약상에게 첫 거래를 트듯 우리가 원하는 날짜에 예약할 수 있는지, 그리고 다른 사람들의 취소 가능성은 얼마나 되는지에 대해서도 물었다.

"확답할 수 없지만. 예약해놓고 가시면 전화 드릴게요. 대신 예약을 미리 해두셔야 해요. 그래야 자리가 나면 바로 날짜 변경해드릴 수 있어요."

빨간 약과 파란 약을 건네는 모피어스처럼 직원은 우리에게 핫딜을 제안했다. 여기서 예약을 하라는 말을 단순히 식사 예약하듯 이름 석 자 쓰는 정도로 생각하면 큰 오산. 계약서를 쓰고 예약금을 내라는 것이다. 물론, 예약금 환불 따위 없다.

"어쩌지?"
"어쩌긴. 예약을 해야 나중에 좋은 날짜가 나면 바꿔준다잖아."
"할까?"

여자친구와 눈빛 교환을 몇 번이나 했는지 모르겠다. 그리고 마침내! 우린 계약서에 사인을 했다. 자세는 엉거주춤. 어디에 사인을 해야 하는지 정신없이 확인하면서 벌벌 떨었던 것 같다. 그렇게 홀린 듯 날짜를 잡았다. 원하는 날짜는 아니었지만 저만치 먼 미래. 그러니까 올해 말, 12월의 주말 중의 적당한 날짜였다. 예약금을 지불했음은 물론이다. 우리가 원하는 9~10월경 가을에 혹시 예약 취소건이 발생하면 제일 먼저 연락을 달라고 신신당부한 다음이었다.

몇 주 동안 발품을 팔고 자료를 모아서 고민 또 고민했던 것에 비하면, 생각보다 시시하게 마무리됐다. 나쁘지는 않지만 그렇다고 '우왓 대박이야!' 소리치며 펄쩍펄쩍 뛸 만큼 이상적인 장소도 사실 아니었다. 누구나 다 하는 떠들썩한 예식장이 아닌 건 다행이지만, 그렇다고 누구도 할 수 없는 아주 특별한 장소도 아니었다. 그냥 우리 현실에서 그래도 마음에 드는 곳. 나름 최선의 선택이라고 생각할 수 있는 곳 아니었을까.

"우리 잘한 거야. 그치?"

"아닐걸 아닐걸~ 오빠 계약 잘못한 거야. 가서 잘못했다고 빌고 다시 물러달라고 해. 크크."

"아오. 장난치지 말랬지. 아무튼 우리 진짜 파이팅 하자! 우리가 의미 있게 만들어가는 게 중요한 거야!"

"오빠, 누가 뭐래? 나는 좋아 동문회관. 엄청 근사한데? 와하하."

웃는 그녀를 보니, 현실적으로 또 이만한 곳이 있을까 싶다. 동문회관을 나와 우리가 다녔던 학교까지 걸어내려갔다. 인생에 있어 커다란 결정이 이렇게 사인 한 번으로 되는 것이었는지 좀 얼떨떨하다. 길에 서서 몇 번이나 계약서류를 보면서 신기함을 감추지 못한 이유였다.

"오빠, 그럼 사인 한 번으로 결정되는 거지. 뭐 공인인증서로 인증이라도 할까? 막 지문인증이랑 홍채인증까지 다? 응?"

"그러게."

언제나 명쾌한 그녀와 함께 있어 든든할 따름이었다.

STEP 6

우리의 부모님들이 마주앉던 날

'우리'라는 이름 아래 같이 있던 사람들을 기억합니다.
고단했으나 평온했고, 불안했으나 안심이 되었던 순간들.
—정현주, 『거기, 우리가 있었다』 중

세상에서 가장 어려운 관계

지노는 꼭 한정식으로 해야 한다고 했다.

"그래야 침묵을 깰 수 있거든. 반찬이 여러 번 들어오면서 말이야. 하다못해 '이것 좀 드셔보세요' 같은 말이라도 해야지. 아니면 '이게 맛있네요'라는 말이라도 꺼내고."
"오~ 그럴듯한데?"

이 말을 들을 때만 해도 몰랐다. 무심코 들었던 친구의 조언대로 한식집을 예약한 게 큰 힘을 발휘하게 될 줄은.
오늘은 상견례 날. 바쁜 일상 속, 미루고 미루다 양가 어른들의 일정을 힘들게 맞췄다. 일정 잡는 데만 집중하다보니 이렇게 대면하고 나서 어떤 일이 펼쳐질지 깊게 생각해보지 못했다. 그런데 막상 양가의 어른들이 만나자, 그 어색한 타이밍이란 게 부지불식간에 찾아왔다.

상견례라는 게 워낙 어려운 자리다보니 서로가 조심하는 과정에서 생겨나는 필연적인 어색함이 있다. 혹시라도 의도치 않은 말실수를 미연에 방지하고 상대방을 배려하기 때문에 더욱 그렇다. 상대 집안의 자존심을 세워주면서 겸손하게 대하되 굳이 저자세일 필요는 없는 자리. 그러면서도 우리 집안에 대해 떳떳하게 이야기해야 하는 어른들만의 은밀한 기싸움이 벌어지는 자리이기도 했다.

"이것 좀 드셔보세요."
"네. 나물이 제철이라 맛있네요. 좀더 드세요. 하하."

이런 복잡미묘한 시간 속에 어색함을 더하는 이유가 한 가지 더 있었으니, 그건 바로 우리네 어른들의 대화법이 아닐까. 어른들의 대화란 늘 그렇듯 공통 분야, 공통 관심사가 있지 않은 이상 딱히 뭐라 할말도 없고 살가운 친목의 대화를 잇기가 여간해선 쉽지 않다. 그나마 나와 그녀에 대한 얘기, 그 둘에 대한 칭찬, 그리고 응원이 주를 이룬다. 그리고 결혼에 대해 각자가 생각하는 이상적인 모습, 그러나 상대방이 동의하지 않을 수 있으니 너무 구체적인 얘기는 아닌, 말 그대로 추상적인 이상적 모습 등에 대해서도 이야기한다. 그런 대화가 끝나고 나면 무슨 말을 이어야 할까.

가만히 듣고 있자니 나도 고민에 빠지게 되었다. 부동산? 주식? 골프? 날씨? TV 드라마? 대화의 소재는 궁해지기 마련이다. 평생 말을 하며 살았지만 정작 이 자리에선 말 한마디가 그렇게 어렵다. 대체 이유가 뭘까.

문득 SNS를 통해 봤던 글 하나가 생각났다. 바로 '중산층이란 무엇인가'에 대한 글이다. 일부 선진국에서는 '중산층'이란, 세상과 타인에 대한 관심을 바탕으로 자신이 좋아하는 일에 대해 일정한 식견을 갖는 것이라 정의하고 있었다. 이를테면, 하나 이상의 외국어 능력, 공분에 동참할 줄 하는 용기, 다른 이들을 대접할 수 있는 요리 실력 등이다.

반면 우리나라 사람들이 인식하고 있는 '중산층'이란 모두 경제적 조건에 초점이 맞춰져 있었다. 서른 평 이상의 아파트와 2,000cc 이상의 자동차를 보유하고 있어야 한다는 식이랄까. 나는 여기서 언급된 이른바 '선진국' 사람들이 우리보다 특별히 뛰어나거나 우수한 인류이기 때문에 그런 고상한 취향을 가졌다고 생각하지 않는다. 그 모든 것들은 사실 최소한의 경제적 밑바탕이 있어야 가능한 것일 수 있기 때문이다. 그렇지만 이 문제에서 우리가 꼭 놓치지 말아야 할 게 있다. 저런 기준으로부터 '나 또한 자유로울 수 있는가?'라는 질문이 바로 그것이다.

자신이 좋아하는 것에 대해 나름의 식견으로 말하고 상대방이

프랑스 전 대통령 퐁피두가 제시한
'삶의 질'

좋아하는 것에 어느 정도 흥을 북돋아줄 정도의 '타인과 세상에 대한 관심'. 그런 것들이 나에겐 과연 있을까? 대답하기 쉽지 않은 물음이다. 이것은 열심히 일만 하며 사회를 일군 한국의 50~60대가 가진 한계이기도 하거니와, 나 또한 가지고 있는 한계이기도 하다. 생전 처음 보는 사람과 꼭 인사를 하고 이야기 나누어야 하는지 반문할 수도 있지만, 이것은 어쩌면 타인과 세상에 대한 관심의 척도일 수 있다. 그렇게 생각하면 그리 간단한 물음은 아닌 것이다.

회사 선배 Y의 상견례 경험담이 떠올랐다.

"야. 상견례, 말도 마. 우리 아버지는 진짜 말수가 없는 스타일인데, 장인어른이 흥이 많은 스타일이었어. 근데 그걸 엄청 불편해하시더라니까. 그러다가 장인어른이 '내가 나이가 많으니 형이네요. 허허허' 하니까 아버지 얼굴이 진짜 심하게 굳어져서…… 아 그때 생각하면 너무 아찔하다."
"그게 굳어질 일이야?"
"몰라. 아무튼 그런 상황도 있었다 이거지."

선배는 그렇게 불편했던 기억을 끄집어내며 상견례 자리의 어려움을 성토했다. 그때의 기억이 떠오른 건 침묵 속에서 생각이 갈 길을 찾지 못해서였을까.

터널 같은 시간을 지나며 우린 가족이 된다

"세상에서 제일 맛없는 술이 세 가지 있답니다. 하나는 임금님이 따라주는 술. 다른 하나는 내가 사는 술. 마지막은 상견례 자리에서 사돈이랑 마시는 술. 그런데 오늘 저는 맛만 좋네요. 으하하하."

아무래도 아버지가 준비해온 유머를 푸는 것 같다. 언제나 유쾌하고 즐거운 아버지, 분위기를 좋게 만들려고 이렇게 노력중이시다. 회사 선배 Y의 이야기를 아버지한테도 알려드렸어야 했는데 깜빡했다. 그래도 다행히 아버지의 썰렁한 개그에 반응이 나쁘지 않다.

"아드님을 참 잘 키우신 것 같아요."
"아이고, 따님을 너무 예쁘게 키우셨네요."

왁자지껄할 정도로 떠들썩하지는 않지만 훈훈한 덕담이 이어지며 이곳의 분위기가 조금씩 누그러지고 있었다. 얼음을 뚫고 핀 봄꽃을 보는 느낌이랄까. 풀어진 분위기 속에서 수정과까지 마시고 나자 이제 정말 끝이 나는 듯하다. 나는 얼른 먼저 나와 계산을 했다. 그녀가 상견례 전부터 알려줬던 팁이다.

"이거, 계산을 우리가 하는 거래."
"진짜? 아니 왜?"

그 말을 들었을 땐 의아했지만, 생각해보니 부모님들이 서로 계산하겠다고 나서는 걸 보고 있는 것도 그다지 마음이 편치 않겠더라. 이렇게 해도 저렇게 해도 불편하기만 할 것 같았던 상견례는 마무리됐다. 그리고 부모님들은 각자의 차를 타고 각자의 집으로 돌아갔다. 식당 앞 주차장에는 우리만 남았다.

"조금 걸을까?"

그녀가 팔짱을 꼈고, 한강이 보이는 걷기 좋은 정원을 거닐었다. 부모님들이랑 밥을 먹었는데 밥값을 내가 내는 것도 어색했고, 각자 부모님들을 먼저 보내고 우리끼리만 남아 있는 것도 생경한 기분이었다. 상견례가 다가올수록 그 어색한 시간을 어떻게 보내나 걱정이 컸는데, 이렇게 얼떨떨하게 지나가버리고 나자 인생의 커다란 숙제 하나를 끝낸 것 같다.

결혼은 독립된 성인 두 사람이 자기 결정권을 가지고 만나는 것이라고 생각했는데, 그렇게 독립투사처럼 우리끼리 잘해보자며 으쌰으쌰 했는데, 부모님들을 뵙고 나니 우리 둘 사이에 더 큰 무게감이 실리는 듯했다. KS마크가 박히듯 우리의 만남이 공식화된 것 같다고나 할까.

"오늘 잘한 거지?"

"그럼! 우리 아버지, 표현을 잘 안 하셔서 그렇지 기분 엄청 좋으신 거야. 내가 알아."

당신들이 30년이 넘게 바라봐온 자식을 옆에 두고 하는 말. 그것은 어쩐지 사람을 뭉클하게 하는 힘이 있다. 그런 말들이 오고 가는 시간의 '엄숙성'이란 일상생활 속에서는 도저히 마주할 수 없는 것이기도 하다. 상견례 때의 어색함과 침묵은 바로 그 엄숙함과 다름없는 것일 수도 있겠다는 생각이 들었다. 자식을 내어놓는 부모의 마음. 그 마음을 담고 있는 시간엔 말로 표현할 수 없는 진중함과 무게감이 있다. 우리는 그 무쇠 같은 시간들을 통과하며 부부가 될 준비를 하고 있었다.

그렇게 한참이나 부모님들이 떠난 그곳을 거닐었다. 우리끼리 걷는다는 것, 독립한다는 것을 새삼 곱씹으면서. 정원에 부는 밤바람엔 나무 냄새가 그득했다.

STEP 7

드레스가 주는 통쾌한 재미

오, 필요하고 안 하고를 논하지 말라!

가장 미천한 거지도 자기가 가진 보잘것없는 것 중에 여분을 갖고 있는 법이다.

인간본능에 꼭 필요한 것만 갖는다면 인간의 삶은 비천한 짐승의 삶에 지나지 않을 것이다.

우리가 존재하기 위해서는 쓸모없는 약간의 여분이 필요하다는 것을 너는 알아야 한다.

—셰익스피어, 『리어왕』 중

안락한 지루함보다는 수고스런 재미를 위해

오늘은 그녀가 가벼운 마음으로 일정을 준비했단다.

"드레스 보러 가게!"
"아, 드레스? 벌써? 난…… 아직 준비가 안 됐는데."

내가 말해놓고도 웃기다. 준비가 안 됐다니. 드레스를 내가 입는
것도 아닌데. 내가 팔뚝살을 빼야 하는 것도 아니고, 내가 허리를
힘껏 조임당하는 것도 아닌데. 무슨 준비가 안 됐다는 말일까.
실은 '결혼'을 대표하는 '드레스'라는 판타지에 나도 모르게 주춤
했나보다. 정색하며 '현실'과 선을 긋는 화려한 결혼식의 단면. 그
단면을 정면으로 딱 마주하게 되는 게 바로 순백의 반짝이는 '드

레스'를 볼 때 아닐까.

현실에선 도무지 존재할 것 같지 않은 옷. 그런 비현실적인 옷 때문에 결혼식은 현실과 구별되며 더 특별해진다. 덕분에 이질감이 느껴지며 뭔가 더 부담스러운 기분이 들기도 하지만 말이다. 어찌 됐든 그렇게 화려한 드레스를 고르는 순간부터, 그야말로 드라마틱한 결혼 준비 여정이 본격적으로 시작되는 것 같다.

일반적으로 사람들은 '스드메' 패키지를 통해 드레스를 준비한다. 스튜디오 촬영, 드레스, 메이크업을 한 번에 묶어놓은 패키지. 이렇게 묶으면 좀더 편리하고 좀더 합리적인 가격이 된다. 그런 생각의 발로가 바로 이 패키지를 탄생시켰을 테다.

"패키지 자체에 거품이 있을 수도 있고, 또 가만히 앉아서 고르기만 하는 건 재미없어!"

개척정신이 뛰어난 여자친구의 말을 들으며 나도 맞장구를 쳤다. 누군가 짜맞춰놓은 종합선물세트 같은 것을 보면 어쩐지 거부감부터 들었기 때문이다. 선택의 폭은 그렇게 넓지 않으면서 원치 않는 것까지 함께 사야 할지도 모른다는 막연한 불신 때문인지도. 그러나 무엇보다 준비 과정이 주는 재미를 뺏기고 싶지 않았다. 여행도 패키지여행보다 자유여행이 재미있는 건, 현지에서의 자유도를 떠나 준비하는 과정 자체가 재미있기 때문이다.

"오빠, 내가 다니는 홍대 미용실 알지? 그 미용실이랑 같은 건물에 드레스숍을 오픈했더라고. 거기서 미용실 고객은 특별 할인해준대. 한번 입어보게."
"오~ 그래? 재밌겠다!"

우린 안락함보다는 스스로 새로운 것을 찾아가는 무모함에 재미를 느꼈다.

"근데, 너는 어떤 드레스 입고 싶어?"
"어떤 드레스?"

주말 햇살을 받으며 그녀와 미용실로 가는 길, 그녀가 드레스에 대해 어떤 생각을 하고 있는지 궁금해졌다. 내게는 '화려함'으로 대변되는 약간은 이질감이 있는 현실이었지만, 그녀는 다를 수 있으니까. 로망 같은 게 있을 수 있으니 말이다.

"음, 글쎄……. 예쁜 것! 나는 무조건 예쁜 드레스 입을 거야."
"그래! 알겠어. 꼭 그러자."

드레스와 베일 그리고 부케에 대한 로망이 있다면 인정! 그리고 그녀가 행복해할 수 있다면 적극 밀어줘야겠다. 요즘엔 비혼을 선언하는 사람들도 비혼식을 하며 드레스를 입던데. 이렇게 드레스를 입고 공주가 되어보는 판타지는 누구나 한 번쯤 가질 수 있는 즐거운 상상인 것 같다.

그리고 이 즐거운 상상은 시대를 관통하며 존재하는 보편적 바람인 것 같다. 엄격한 신분제사회였던 조선시대에도 결혼식에서만큼은 신분을 뛰어넘어 좋은 옷을 입을 수 있었다고 하니 말이다. 당시 신랑은 벼슬 있는 양반들이 쓰는 '사모'를 쓰고 허리에 '각대'까지 찼다. 그리고 신부는 궁중의복인 '활옷'을 입었다.

"와, 진짜 신났겠다. 그날 하루는 왕자님 공주님이었겠네!"

옛날이야기를 해주자 그녀는 재미있다며 맞장구를 쳤다. 신분질서 속에서도 결혼식 날만큼은 예외적인 하루를 보냈으니, 그야말로 즐거운 축제가 아니었을까. 그렇게 반복되는 일상에서 일탈해 화려한 주인공이 되어보는 것. 이것이야말로 웨딩드레스와 턱시도가 갖는 통쾌한 힘이 아닐까 싶다.

"꼭 엄청 비싸고 좋은 드레스는 아니어도 돼. 내 마음에 들어야지. 그게 중요해."

맞다. 요즘엔 연예인들의 드레스를 봐도 화려한 것보다는 의미 있는 것에 더 무게를 두는 것 같다. 이효리는 태국 여행에서 사뒀던 소박한 드레스를 입었고, 김태희는 본인이 만든 미니드레스를 입었다고 한다. 그렇게 소박하게 의미 있는 걸 입는 게 오히려 쿨해 보이고 트렌디해 보이기까지 하는 시대다.

"그래서 나도 쿨하게 드레스숍 가는 거야. 심지어 여긴 입어보는 것도 공짜라고!"

이때까지만 해도 몰랐다. 웨딩드레스를 입어보는 데 한 번에 몇만 원씩 돈을 내야 하는지 말이다. 잠시나마 공주가 되어보는 로망에 발을 들여놓는 입장권 같은 걸까? 그래도 요즘에는 이렇게 무료로 드레스를 입어볼 수 있는 곳이 늘어나고 있다고 하니 반길 만한 소식이다. 꼭 정형화된 드레스가 아닌 다양한 취향의 드레스들을 찾는 사람들이 늘어나고, 또 저렴하게 수입되는 드레스들이 늘어나면서 선택의 폭도 그만큼 많아졌다고 한다. 그 덕에 우리처럼 플래너도 없이 드레스를 입어보는 것도 가능해졌고 말이다. 그렇게 오늘 얻은 무료입장권을 쥐고 떨리는 마음으로 드레스숍을 향했다.

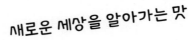

새로운 세상을 알아가는 맛

"세상에. 신부님 진~짜 잘 어울리세요."

드레스숍 실장님의 반응은 거짓이 아니었다. 여자친구에게 웨딩 드레스는 세상 잘 어울렸다.

"평소에 집에서 입어도 되겠어. 하하하."

생각보다 잘 어울려서 나도 모르게 튀어나온 말이었는데 이런 리 액션도 준비해야 한다는 사실을 뒤늦게 알았다. 인터넷엔 각종 리 액션 모음이 있었다. 심지어 친구 C는 집에서 리액션을 연습하기 까지 했다고 한다.

진짜? 무슨 소믈리에도 아니고. '엘레강스함이 어깨 라인을 따라 흐르고 부르봉가의 고급스러움이 대뇌피질에서 연회를 여는 것 같아'라는 멘트라도 준비해야 하나. 연습을 하지는 않았지만 그래도 나름 리액션이 나쁘지 않았던 것 같아 다행이다.

"라인은 크게 여섯 종류라고 생각하시면 돼요."

실장님은 입을 헤 벌리고 있는 나를 위해 차근차근 설명했다. 벨라인, 에이라인, 머메이드라인 등 한 번쯤은 나도 들어본 라인의 이름들이 줄줄 쏟아진다. 여자친구처럼 아담한 체형에는 벨라인이나 에이라인이 잘 어울린다며 주로 그런 것들을 추천했다. 전통적인 드레스의 전형이라는 말도 덧붙이며 말이다. 디즈니 만화에서 나오는 엘사나 백설공주가 입었던 게 저런 거였나.

"아, 그건 프린세스라인이라고 또 있어요. 세번째 입었던 거 기억하세요?"
"세번째요……?"

드레스의 전체적인 실루엣을 결정하는 '라인'은 다시 넥라인과 슬리브라인에 따라 디테일이 갈리며, 어떤 소재냐에 따라 계절감이나 무게감이 달라진다. 장식과 베일에 따라 개인의 취향이 반영될 수 있음은 물론이다. 그저 하얗고 반짝이는 중세풍의 옷이 이렇게나 다양했는지 미처 몰랐다. 지금까지 내가 족히 수십 번의 결혼식에 가봤을 텐데. 신부들이 이 많은 드레스 중 하나만을 골라냈다니. 그리고 마침내 본인에게 딱 맞는 드레스를 찾고야 말았다니. 다시 한번 그들의 노력과 식견에 감탄하게 된다.

"그래서 오빠가 봤을 때 어떤 게 제일 잘 어울려?"
"음…… 그러니까…… 다?"
"아오. 제대로 본 것 맞아?"

이렇게 세분화된 드레스의 숲에서 그녀의 맘에 딱 드는 드레스를 과연 잘 고를 수 있을까. 문득 5,000피스짜리 퍼즐을 덜컥 사버렸을 때처럼 막연한 걱정이 솟았다.

이렇게 내가 잘 알지도 못했던 세상에서도 프로들의 치열한 승부 세계는 여지없이 존재했다. 어떤 이들은 라인 하나를 만들기 위해, 또 디테일 하나를 살리기 위해 수년간 공부하며 또 수십 년간 업으로 삼고 있을 것이었다. 그런 생각을 하고 보니 드레스 하나하나가 예사롭지 않았다. 좀 더 예쁜 드레스, 좀 더 잘 어울리는 드레스를 찾는 것도 중요하지만 예쁜 드레스 한 벌을 위해 생업을 건 승부사들의 세계를 엿볼 수 있다는 점. 그 점은 결혼이 안겨주는 소중한 인생 수업으로 느껴졌다.

"난 벨라인? 아니 머메이드도 좋은데."

"음…… 그러니까 머메이드? 그게 쫙 펴지는 거였나?"

"아니거든!"

"그니까 벨라인이 백설공주가 입은 거 맞나?"

"그건 프린세스라인이라고요."

새로운 세상을 알아가는 재미. 결혼 준비가 우리에게 줄 수 있는 또다른 재미로 드레스를 봐주면 어떨까. 또다른 세상을 여행하는 여행자처럼 세상의 수많은 드레스를 여행하는 거다.

아직 드레스 모양도 잘 구별하지 못하고, 어떤 드레스가 그녀에게 잘 어울리는지도 잘 모르겠다. 아직 한참 더 입어봐야 할 것 같지만 그래도 세상에 이렇게 많은 드레스가 있다는 걸 알았다는 게 수확이라면 큰 수확인 날이다. 나는 아직 결혼 초급반이지만, 고급반이 되어 라인만 봐도 척척 알아맞힐 수 있는 날을 상상해본다.

부모님과의 갈등이 숨통을 조일 때

아이러니하게도. 그들은 자식을 너무 사랑하기 때문에,
자식이 위험에 빠지는 광경을 두고 볼 수가 없다.
그들은 안락한 감옥을 만들어 자식을 그 안에 가두고 싶어한다.
—장강명, 『5년 만에 신혼여행』 중

우리만의 결혼 준비 원칙

상견례가 끝나고 나니 결혼 준비도 급물살을 타는 것 같다. 이제 정말 결혼하나 싶다.

"근데 말이야 오빠. 아직 예식장에 대해서 부모님들께 구체적으로 말씀 못 드렸잖아. 그래도 예약한 건…… 괜찮겠지?"
"걱정 말아. 어차피 예약만 걸어둔 거잖아. 날짜도 못박은 게 아니라 임시로 올려둔 거고. 그리고 이 어려운 예약 현실을 아시면 부모님들도 다 이해하실 거야."
"그렇지? 그래도 장소보다 중요한 게 우리의 행복인 거겠지?"

그녀의 걱정을 모르는 건 아니다. 급한 마음에 우선 예식장 예약부터 한 것, 그리고 아직까지 부모님께 그와 관련된 내용에 대해 차분히 설명해드리지 못한 점. 이런 것들에 대해 나 또한 신경이 쓰였기 때문이다. 그렇지만 우리만의 원칙을 분명히 세우고 싶었다.

결혼하는 친구들을 보며 왜들 그렇게 부모님과 싸우는지. 싸움의 원인도 가지각색이었지만 그 많은 케이스를 보며 생각했다. 나만의 확고한 원칙이 있어야겠다. 그게 없다면 주변의 목소리에 흔들리기도 쉬울 테니 말이다. 결혼을 바라보는 관점은 세대마다 집안마다 사람마다 모두 다르다. 그래서 같은 현상을 보고도 다른 생각을 한다. 누구는 남자가 집을 마련해가는 걸 당연하게 생각하고 또 누군가는 여자가 예단을 준비하는 게 당연한 도리라고 생각한다. 폐백을 하느냐 마느냐부터 예물은 어떤 수준으로 맞춰야 하는지까지 모두 저마다의 잣대를 가지고 있다.

그렇게 서로 다른 기준을 가지고, 어떨 땐 기분이 상하고 또 어떨 땐 심사가 뒤틀린다. 상처를 받기도 하며 심지어 자신의 집안을 무시하고 있다며 역정을 내기도 한다. 최악의 경우에는 막장 드라마처럼 아예 혼사가 깨져버리기도 한다. 두 사람의 행복을 축복하기 위해 모인 이들이 철천지원수가 되는 경우다. 사실 우리는 잘 알고 있다. 결혼을 준비하는 직장 동료, 친구들, 가족들이 서로가 가진 가치관과 잣대가 달라서 얼마나 상처 입고 또 얼마나 괴로워하고 있는지 곁에서 봐왔다.

"그래서 더, 확고한 원칙을 세우는 게 중요한 것 같아."

나는 다짐했다. 그래야 흔들리지 않고 이 결혼을 끝까지 완성시킬 수 있을 것 같아서였다.

"오빠 말이 맞아. 내 주변에도 결혼 준비하다가 부모님이랑 얼마나 싸우던지, 아주 전쟁을 치르더라고. 원칙을 세워서 모든 문제를 해결할 수는 없겠지만 적어도 우리의 우선순위를 정하는 일이니까. 방향을 잃고 헤맬 땐 유용할 수 있을 것 같아. 나침반 같잖아."

그녀도 맞장구를 쳐줬다. 그리고 원칙을 세우는 일에도 공감해줬다. 그렇게 우리는 머리를 맞대고 이야기를 이어갔다.
생각이 어느 정도 모였을 때, 독립선언문처럼 한 자 한 자 꾹꾹 눌러썼던 것 같다. 말하자면 우리만의 결혼 준비 헌법 같은 거였다. 곤란한 문제가 있을 때마다, 생각이 막힐 때마다 꺼내보자며. 그렇게 '결혼 준비 원칙'을 손에 들고 그녀와 비장한 모습으로 서로를 바라봤다.

우리만의 결혼 준비 원칙

첫째, 지금 하고 있는 것이 우리의 행복을 위한 것인지 생각해볼 것.

둘째, 관례라는 이름으로 당연히 해야 하는 것은 세상에 없다는 것을 기억할 것.

셋째, 거주지 마련을 포함한 모든 경제적인 준비는 부모님으로부터 완전히 독립할 것.

넷째, 양가의 부모님께 우리 의사를 충분히 설명하고 공감대를 형성할 것.

다섯째, 최종 선택은 우리의 몫이며 선택에 따르는 결과는 우리가 온전히 책임지고 감당할 것.

"근데 이게 헌법이면, 오늘은 제헌절 아냐?"

"그렇지."

"그럼 오늘은 쉬는 날로 하자! 아무 생각 없이 그냥 좀 놀아야겠어. 치킨이나 뜯으면서."

원칙을 만드는 것도 중요하지만 현실에 적용하는 건 더 중요한 문제다. 실은 그게 더 어려운 문제이기도 하고 말이다. 결혼식장 문제도 예외일 수 없다. 첫째와 둘째, 그리고 셋째까지는 어떻게 지킬 수 있겠는데 이거 참 넷째가 쉽지 않다. 우리가 결혼에 대해서 우리끼리 충분히 대화하고 같은 꿈을 꾸는 건 쉽다. 그렇지만 그걸 다시 부모님과의 공감대로 만드는 것은 또다른 문제이다. 물론 작정하고 자식의 불행을 바라는 부모는 없다.

"그런데, 정말 안타까운 건 어떤 게 행복인지에 대한 정의는 다 다를 수 있다는 거지."

이건 가치관의 문제이고 세계관의 문제다. 그렇게 서로 다른 가치관과 세계관을 가진 우린, 이상적으로 생각하는 결혼식장의 모습도 다를 수밖에 없다. 부모님들에게 결혼식장이란 손님들이 방문하는 데 어려움이 없고 식사 대접을 잘할 수 있는 곳이어야 한다. 잘 키운 자식을 다른 이들에게 보란듯이 내보일 공간이기도 하다. 결국 이 행사는 결혼하는 두 사람뿐만 아니라 온 집안의 행사가 되며, 불가피하게 남의 이목도 신경쓰지 않을 수 없는 상황이 만들어진다.
그런 이유 때문인지, 내가 좋아하는 선배 M은 신랑측과 신부측 식사 장소를 따로 잡기도 했다.

"우리 아버지가 식사는 죽어도 스테이크로 해야 된다고 끝까지 우기

시잖아. 신부측에서는 좀더 경제적으로 하길 원했는데."
"와, 결혼식장에서 나오는 스테이크 특별히 맛있지도 않은데!"

결국 신랑측 하객만 스테이크를 먹었다는 웃지 못할 결혼식이 열린 이유였다. 좀 황당할 수 있지만 이렇게 작은 것 하나도 누군가에게는 중요한 문제일 수도 있는 것이다. 물론 그 선배는 지금 행복한 결혼생활을 이어가고 있다.

어찌됐건 나와 그녀가 생각하는 이상적인 결혼식장의 모습은 부모님들의 바람과는 조금 달랐다. 우리는 우리를 알지 못하는 수많은 사람들에 둘러싸여서 웅성거리는 공간에서 주례사를 듣는 것에 큰 의미를 두지 않았다. 그보다는 우리를 잘 아는 사람들. 우리의 결혼을 진심으로 축하해줄 수 있는 이들과 도란도란 모일 수 있는 예식이 가치 있다고 느꼈다. 충분히 시간을 갖고 우리를 찾아온 친구들과 더 많이 이야기하고 그들을 만나는 것에 큰 의미를 느꼈다.

"근데, 이렇게 관점이 다른데 이 차이를 좁힐 수 있을까? 아무 갈등 없이 말이야."

그녀의 말마따나 절대로 쉬운 일이 아니다. 이건 가치관과 세계관의 차이이기 때문이다. 돌맹이 하나를 보고도 기독교적 가치관을 가진 이는 신이 창조한 '우주'를 볼 수 있지만 어떤 이들에겐 그저 '짱돌'일 뿐이다. 신의 창조물과 짱돌 사이의 간극은 실로 어마어마하게 커서, 그걸 좁히는 건 불가능해 보인다. 이는 어떤 사람이 평생에 걸쳐 쌓아온 신념의 가치체계를 통째로 부정하는 것이나 다름없다.

신의 창조물……

누가 짱돌을 여기에……

"그럼 어떻게 해?"

그러게. 가능성이 없는 시도이기에 우리는 부모님과의 대화를 중단하고 무력시위라도 해야 하는 걸까. 누군가는 그럴 수 있을지도 모르겠다. 그러나 우리가 서로 다르다는 것을 진심으로 인정할 때 어쩌면 공존할 수 있는 길을 찾을 수 있을지 모른다. 우리가 우리의 부모들과 조금 더 대화하고 더 많은 시간을 함께 보내야 하는 이유가 바로 이것 때문 아닐까. 냉정하게 돌아서기엔 가족이라는 이름의 무게는 절대 가볍지 않다.

갈등종합선물세트 하나쯤은 다들 있잖아?

"으흠. 아무래도 결혼은 교회에서 하는 게 낫지 않겠나. 인생의 새로운 시작이기도 한데."

장인어른은 그렇게 생각하셨다. 동문회관을 예식 장소로 잡는 것에 대해 슬쩍 의견을 여쭤보니 역시나 마뜩잖아하셨다.

"게다가 동문회관은 교통도 불편하잖니. 거긴 지하철역에서도 한참 멀 텐데."

멀리서 오는 손님들이 단번에 찾을 수 있는 교통 요지가 아니란 점도 마음에 걸려 하셨다. 틀린 말씀은 아닌데 어떻게 반응해야 할지

난감했다. 생각은 저만큼 앞서 있는데 막상 입을 열기는 쉽지 않다.

"거긴 우리 집에서도 너무 멀지 않나. 그것도 걱정이네."

장모님이 말씀하셨다. 허심탄회하게 의견을 말씀드리려고 했던 야심 찬 우리의 의도와는 다르게 대화는 공전하는 느낌이었다. 몇 마디 꺼내기가 그렇게 힘든 나와 다르게 여자친구는 꺼내는 말마다 가시가 돋아 있었다.

"엄마, 그럼 어떻게 해! 이미 예약금까지 다 내고 온걸. 정말 왜 그러는지 모르겠어!"

결국 그녀는 어머니에게 화를 내고 말았다. 이럴 의도는 전혀 아니었는데. 결론부터 정하고 이야기를 시작한 것처럼 돼버려 나도 적잖이 당황스러웠다. 그녀 또한 부모님이랑 얘기하려고 하면 왜 그렇게 짜증부터 내게 되는지 한탄했다.
그러게 말이다. 따지고 보면 나도 우리 부모님한테는 마찬가지다. 우리가 대화하고 타협해야 할 대상이 우리의 부모님이라는 점, 막상 대화를 하려고 하면 생각과 다르게 짜증부터 내게 된다는 건 정말 어려운 문제다. 이건 토론식 수업이 없는 우리나라 교육의 문제일까. 아니면 부모님께는 논리적 설득보다 떼쓰는 게 더 잘 먹힌다는 경험적 노하우 때문일까. 이유야 어쨌든 그녀든 나든 어른이 되겠다며 독립을 선언하는 마당에 정신은 유아적 사고에 머무르는 것 같아 부끄럽기 짝이 없었다. 그래서 '선택에 따르는 결과는 온전히 책임지고 감당하자'는 다섯번째 원칙을 세웠는데도 말이다.

일단 예식장 문제는 우리도 모든 가능성을 열어놓고 좀더 고민해보기로 했다. 예약금을 날린다손 치더라도, 인생 수업비라고 생각할 수도 있고 정말 더 좋은 대안이 있을 수도 있는 것이었다. 신중하게 선택했다고 생각했는데 이 간단한 것 하나 정하기가 이렇게나 힘이 들 줄 몰랐다.

우리가 유난히 유별난 결혼을 꿈꾸는 당찬 아이들도 아닌데, 뭐 이렇게 문제가 많나 싶기도 하다. 그냥 서로가 생각하는 합리적인 선, 딱 그 정도 선에서 우리 힘으로 결혼을 준비하고 싶었을 뿐이었다. 그래도 여기서 우리가 잊지 말아야 할, 진짜 놀라운 점 하나가 있다. 바로 이 어려운 일들을 묵묵히 해내며 결국은 결혼을 하는 커플이 상당히 많다는 점이다. 당장 이번 주말에 예식장으로 교회로 그리고 호텔로 달려가보면 만날 수 있는 수많은 커플들이 바로 살아 숨쉬는 증거(!)들이다.

"아니, 다들 이런 과정을 겪었단 말이야?"

말해 뭐할까. 가슴팍에 묻어둔 드라마틱한 '갈등종합선물세트' 하나쯤은 있어야 결혼한다고 하지 않나. 진짜 어른이 되기 위해서 지불해야 할 '비용'으로 보면 좀더 홀가분해질 수 있을까.

늦은 밤. 나와 그녀는 또 한번 머리를 맞댔다. 우리의 원칙에 대해, 그리고 부모님과 대화를 풀어나가는 방법에 대해 고민이 깊어졌다. 창밖 거리를 무심히 걷고 있을 이미 결혼한 이들이 예사롭지 않아 보였다.

STEP 9

새로운 세상을 보여주고 싶어서

때때로 큰 생각은 큰 광경을 요구하고,
새로운 생각은 새로운 장소를 요구한다.
—알랭 드 보통, 『여행의 기술』 중

갑자기 걸려온 반가운(?) 전화

일주일이 벌써 지났나. 다시 주말이 왔다. 그동안 이것저것 나름 열심히 준비한 우리 스스로에게 큼지막한 상을 하나 주려고 했다. 오늘은 다 미루고 작정하고 게으르게 보내는 것이었다. 그렇지만 턱없는 생각이었다는 걸 알기까지는 그리 오랜 시간이 필요치 않았다. 느닷없이 걸려온 전화 한 통 때문이었다.

"여보세요. 네? 진짜요?"

동문회관에서 걸려온 전화였다. 그러니까 우리가 한 달 전쯤 결혼식을 예약한 곳이었다. 예약은 했지만 날짜는 임시로 걸어놓은 바로 그곳. 우리가 원하는 날짜가 없었기에 우선 가능한 날짜를 급한 대로 올려놓은 곳. 수화기 너머 상대방은 좋은 뉴스를 전하겠다며 깜짝 놀랄 만한 얘기를 했다. 바로 날짜 변경이 가능하다는 것! 게다가 우리가 가장 선호했던 날짜로 변경이 가능하단다.

굳이 그 날짜를 손꼽아 기다렸던 건, 실은 좀 어이없을 수 있지만 우리에겐 나름 중요한 이유가 있었기 때문이다. 바로 신혼여행 때문. 신혼여행 때문에 결혼 날짜를 잡는 일에 누군가는 황당해하며 반문할 수도 있겠다. 하지만 세상은 저마다의 기준으로 돌아가는 거니까. 생각해보면 회사까지 관두고 신혼여행으로 세계여행을 하는 부부도 있으니 어떤 이에게 '여행'은 각별한 의미일 수 있다고 스스로 합리화해본다.

"추석 연휴가 막 시작되는 이날 보이지? 이때 결혼하면 추석 연휴에 휴가까지 써서 한 2주 여행 갈 수 있지 않을까? 부부로서 첫 여행인데 의미 있는 곳으로 아주 길게 갈 수 있다면 진짜 좋을 것 같아서."
"와 진짜네. 대박이다! 이날 결혼하면 우리 남미로 신혼여행 가도 되겠다."

2주라니. 직장인에겐 언감생심 쉽사리 생각할 수 없는 휴가기간이었다. 나나 그녀나 직장을 다니며 한 번도 경험해보지 못한 장기 휴가가 될지 모른다는 생각에 상상만으로도 들뜰 수 있었다. 그렇게 깔깔거리며 장난처럼 달력에 동그라미를 쳐놓은 날짜였다.

"여기 계약서에 서명하시면 되고요."

동문회관에 가서 계약서를 다시 썼다. A4 용지 한 장에 서명만 하면 되는 단출한 계약서였다. 뒷장에는 세세한 부칙이 있었다. 꽃 장식이며, 폐백실 등등 여러 가지 옵션이 있었지만 모두 필수는 아니라는 점이 맘에 들었다. 음식도 예식 2주 전까지 최종 결정을 하면 됐다. 신랑이라고 써진 곳에 내가 이름을 쓰고 서명을 했다. 신부라고 써진 곳에 그녀가 이름을 쓰고 서명을 했다.

그렇게 결혼식은 임시로 잡아둔 날짜보다 수개월 앞당겨지게 됐다. 이제, 디데이가 새로 정해진 것이다. 진짜 결혼 날짜와 장소가 확정되는 순간이었다.

달력을 보며 날짜를 헤아려본다. 결혼까지 불과 석 달여가 남은 상황. 급한 마음에 수첩에 적어둔 해야 할 일을 확인해보지만 아무리 봐도 모든 일들을 야무지게 마무리할 수 있을지 모르겠다. 마음이 급해진다. 원하는 날짜를 얻었지만 또하나의 고민도 함께 얻은 것 같아 자꾸만 달력을 보게 된다.

우리가 여행을 떠나는 이유

예식장 예약으로 2주간의 여행이 현실화되어가자 나는 기다렸다는 듯 여행지 후보군을 물색했다. 청첩장도 만들고, 살 집도 구하고 이것저것 준비할 게 있을 텐데 최우선적으로 여행지를 파고 있다. 이게 우선순위가 아닌 것 같기도 한데.

"뭐 어때. 재밌으면 그만이지. 크크."

그녀는 나보다 더 신나서 그 어느 때보다도 적극적이다. 이 정도 몰입도였으면 결혼 준비 이미 다 끝내고 놀고 있지 않았을까.

"와, 여기 다 가면 안 돼?"

커다란 지도를 펼쳐놓고 동그라미를 북북 그려놓은 걸 보며 그녀는 눈을 반짝였다. 여행책도 몇 권 출간한 경험이 있고 어쩌다가 여행가 비스무리한 콘셉트를 얻긴 했지만 실은 나도 못 가본 곳투성이다. 그냥, 여느 직장인처럼 휴가 때마다 기를 쓰고 최대한 멀리 나가려 발악한다는 점 정도가 실상이 아닐까. 그녀는 한없이 긍정적인 마인드로 뭐든 거침없이 도전하는 성격인데, 의외로 여행을 가본 적은 많지 않았다.

"회사만 다니다보니 이렇게 됐네."

여자친구가 깊은숨을 몰아쉬었다. 그녀의 이면엔 워커홀릭이라는 무시무시한 또다른 자아가 자리하고 있었다. 나도 좀 워커홀릭하긴 한데 그녀에 비하면 새발의 피다. 그런 그녀가 안쓰럽기도 하고 내가 여행하며 겪었던 그 값진 경험들을 꼭 선물해주고 싶기도 했다. 오죽하면 유튜브 스타 박막례 할머니도 늦은 나이에 여행을 다녀오고 나서 새로 태어났다고 말했을까. 이 기회에 그녀에게 새로운 세상을 보여주고 싶었다.

"어디가 제일 가고 싶어? 제일 중요한 건 네 의견이야."

그녀에게 물었다. 그녀는 리조트에서 가만히 누워 쉬기만 하는 스타일은 확실히 아니었다. 체력도 넘치고 호기심도 용솟음쳤다. 게

다가 개척정신 또한 인정할 만한 편이다. 어렵사리 찾아간 핫한 카페를 두 번 방문하지 않는 정도랄까. 그런 면에선 나도 마찬가지!

"사람들이 그러는데, 신혼여행을 유럽으로 가면 싸운다던데?"

조심스럽게 내가 물었다. 필연적으로 많이 걸어야 하는 유럽에서의 여행이 결혼이라는 큰 행사를 치르고 온 부부들에게 부담이 될 수 있을 터였다. 피곤에 지쳐 짜증이 솟구친 그녀가 유럽 어느 도시 한복판에서 폭발해버리는 건 상상만 해도 오금이 저리다. 휴양지로 신혼여행을 가는 건 선조들의 지혜가 담긴 해법일지도 모른다.

"그래도 우리 스타일엔 유럽이 맞는 것 같아. 예쁜 데 많이 찾아서 돌아다니자!"

그녀는 넘치는 흥을 누르지 말라는 듯 신이 나서 말했다. 그런 그녀를 실망시키지 않기 위해 내가 제일 먼저 고른 곳은 이탈리아였다. 여행자들의 로망, 여행지의 끝판왕. 고대 역사가 여전히 살아 있는 로마와, 르네상스의 산실 피렌체, 세상에서 제일 예쁜 도시라는 베니스까지!

"너무 좋다! 나는 '한국의 베니스'나 '남해의 나폴리' 이런 데밖에
못 가봤어!"
"아니면 자연이 좋은 스위스? 휘게 라이프 북유럽? 음…… 그것도 아
니면 자동차로 스페인 일주하면 진짜 행복할 것 같다!"

전통적인 결혼문화가 오늘날에도 여전히 큰 영향을 미치고 있지만, 신혼여행만큼은 전통에 뿌리를 두고 있는 것 같지 않다. 여행이라는 개념 자체도 근대를 지나면서 나타난 개념이거니와 신혼부부들에게 일상으로부터 유예를 허락하는 게 조선시대의 문화는 분명 아니다. 서로 다른 삶을 평생 살아온 부부에게 서로를 더 잘 알라는 의미로 저멀리 다녀오라는 것 아닐까. 그도 아니면 결혼 준비에 너덜너덜해진 심신을 달래라는 뜻이 있는지도 모르겠다.

"같이 여행해보면 그 사람의 진짜 모습이 나온댔어. 휴양지에서는 오빠의 진짜 모습을 볼 수 없잖아? 가급적 빡센 곳으로 가자. 하하."

맞는 말이다. 말도 안 통하는 생판 모르는 곳에서 어디로 튈지 모르는 예측불가를 즐기는 것이야말로 여행의 본질이다. 그러다가 생각지도 못했던 어려움에 처하기도 하고 난처하고 당황스러운 상황이 만들어질 때에 사람의 진짜 모습이 나온다.

군이 그 멀리까지 가서 서로의 진짜 모습을 노출해야 하나 싶기도 하지만 어쩌면 한평생 봐야 할 상대방이다. 그렇게 상대방의 민낯을 보며 우리는 서로 기다려주고 힘을 북돋아줘야 하는 인생 파트너일 테다. 이런 말은 평소에 내가 했던 말인데, 거꾸로 그녀에게서 그런 말을 들으니 기분이 묘하다.

"그런데 진짜 모습을 알게 되면 어떻게 되는 거야? 혹시 도망치는 거

아냐? 아니면 반품?"

"당연하지! 맘에 안 들면 날개옷 입고 튈 거야. 히히히."

커다란 지도를 펼쳐놓고

"체코 어때? 프라하로 가서 카를교를 건너자. 플젠에 가서 필스너도 마시고. 체스키크룸로프의 골목길을 걷는 거야. 잘츠부르크까지 가면 음악축제를 즐길 수 있을지도 몰라!"
"오 좋아! 그럼 할슈타트까지 가보자. 나무로 만든 집에서 자보고 싶어. 강풀의 만화 『마녀』에 등장하는 곳인데. 만화책도 들고 가야지."
"빈까지는 기차를 타고 가자. 가서 오페라도 봐야지."

그렇게 우리는 지도를 펼쳐놓고 신이 나서 한참이나 떠들었다. 어디로 갈지 정하지 않았으나 그래도 상상하는 즐거움 또한 여행의 일부였다. 여행 경비 중 가장 큰 비중을 차지하는 항공권을 주구장창 검색하다보니 대략적인 시세가 눈에 보인다. 이 날짜에 여기가려면 이 정도는 있어야 한다는 어림짐작. 추석 연휴와 맞물리며 드라마틱하게 싼 항공권을 구하기는 어려웠다. 주식쟁이 시세 보 듯 눈이 빠지게 봐도 결과는 매한가지. 이 와중에 허구한 날 보고 있던 항공권이 하나둘씩 빠지기 시작하자 조바심이 난다. 더이상 미룰 이유가 없었다.

"엇. 여기 봐봐. 이 정도면 구매해야 돼! 게다가 직항이야!"

그렇게 우리는 로마도 파리도 스페인도 아닌, 프라하로 가는 표를 끊었다. 우리 둘 다 한 번도 가보지 못한 곳이라는 점도 크게 한 몫했다. 프라하가 갖는 낭만적인 분위기도 마음에 들었다.

"표까지 끊으니까 이제 결혼 준비 그만하고 그냥 튀고 싶다."

그녀가 장난스럽게 말했지만, 어쩐지 그녀라면 진짜로 그럴 수 있 을 것 같아서 애써 흥분된 마음을 가라앉혔다. 이메일을 열어보 자 이티켓이 발부돼서 이미 도착해 있었다. 영어로 박혀 있는 내 이름과 그녀의 이름을 보자 해외로 가는 티켓이라는 게 실감이 났다.
그곳에선 또 어떤 일이 일어날까. 그때는 여자친구와 남자친구가 아닌 부부로서 처음 밟는 새로운 세상일 테다. 설렘과 기대를 안 고 집에 돌아와 이메일을 몇 번이나 다시 열어 확인했다.

그러던 어느 날, 그녀는 화들짝 놀라며 말했다.

"악! 오빠, 나 영문 이름 틀렸는데?"
"진짜? 그걸 왜 이제 말해! 내가 제대로 보라고 말했잖아. 어쩌지!
큰일이네. 여기 전화번호가 어디 있지……."
"뻥이지롱. 뻥이지롱. 크크크. 오빠가 티켓을 너무 여러 번 보길래. 자
꾸 그럼 더 장난치고 싶어져서. 크크크."
"후우……."

STEP 10

우리, 어떤 집에 살면 좋을까?

"달팽이도 집이 있는데! 왜 나만 없어, 집!"
—tvN 드라마 〈이번 생은 처음이라〉 중

달팽이도 집이 있는데

"이렇게 구하는 게 맞겠지?"

여름이 농익어가는 주말 오후. 우린 서울 한복판에 서 있다. 바로, 집을 구하기 위해서였다. 이렇게 거리를 걷기만 해서 집을 구할 수 있다면야 걸어서 서울을 두 바퀴 반이라도 돌 수 있다. 그렇지만 걷는 것은 기본. 근본적으로 예산이 문제였다. 나와 그녀가 모은 돈에 대출금까지 합치고 영혼까지 끌어모아보지만, 그래 봐야 서울시 평균 전셋값에 한참 못 미치는 액수다. 그 정도의 예산을 가지고 벌벌 떨며 우리 몸 누일 곳을 찾으려니 쉽지가 않다. 아파트는 언감생심 꿈도 못 꾸고, 교통이 편리한 오피스텔에나 들어가면 좋을 것 같은데 그마저도 호락호락하지가 않다.

"지금은 물건이 없어요. 게다가 전세는."

가는 부동산마다 허탕 치기 일쑤다. 지금은 전세 구하기 어려운, 매도자 우위 시장이었다. 그리고 오피스텔은 당연히 대부분이 월세. 어떻게든 월세만큼은 피하고 싶었던 우린 '전세'가 가능한 오피스텔을 찾고 싶었다. 뒤늦게 알게 된 사실이지만 오피스텔을 전세로 구하기란 애초부터 상당히 황당한 시도였다. 이렇게 기본적인 정보도 없이 무턱대고 덤비니 몸이 고생스러울 수밖에 없는 건 당연했다. 결혼 준비를 하며, 가장 중요한 집부터 알아보지 않은 어리석음의 대가를 이제 와서 치르고 있는 중이었다.

"어제 이상한 꿈을 꿨어. 결혼하는 꿈이었는데, 주례를 부동산 중개사가 보더라고."
"오빠 요즘 집 때문에 스트레스받나보다."
"들어봐. 근데 갑자기 그 아저씨가 호통을 치는 거야. 막 도망가야 하는데, 도망갈 집이 없는 거야. 왜 집으로 도망가야 하는지 잘 모르겠지만 아무튼 집으로 못 도망쳐서 엄청 당황했던 것 같아."
"푸하하하. 오빠 꿈 진짜 웃기다."

정말이지 웃기지 않다. 요즘 내 기분을 말하자면 결혼 날짜가 성큼성큼 다가오며 서서히 숨통을 조이는 것 같달까. 초등학생 시절 방학숙제를 미루고 미루다 결국 방학 막바지에 지구가 멸망하면 좋겠다는 생각을 했던 기억이 문득 떠올랐다. 또 한번은 그림일기가 왕창 밀렸던 기억도 있다. 일기야 어떻게 욱여서 쓰겠다만 그날 그날의 날씨를 쓰지 못해서 울고불고 난리를 쳤던 것 같다. 그때 엄마가 황당해하며 기상청에 전화를 했었나. 뭐 그런 말도 안 되는 기억들이 얄궂게 떠올라 나를 괴롭히고 있다.

"으, 너무 더워 안 되겠다. 다리도 아프고 좀 시원한 데 가서 쉬자."

집은 인터넷으로 검색하는 것보다 실제로 부동산에 발품을 팔아가며 구하는 거라고 하던데. 그래야 더 많은 정보를 얻을 수 있고 말이다. 그런데 오늘 우리가 가본 부동산들은 어쩐지 우리를 환영하지 않는 눈치다. 일단은 시원한 카페에 들어와 앉았다.

"오빠, 너무 걱정 마. 나는 아무데서나 살아도 상관없어. 우리 둘 다 쪼그마한데. 대충 몸만 누일 수 있으면 되지 뭐."

이럴 때 보면 세 살 어린 그녀가 그렇게 듬직할 수가 없다. 털털한 그녀는 아무 곳이나 괜찮다고 하지만 그래도 그녀를 위한다면 아무 곳이나 구할 수는 없는 노릇이다. 부동산 시장이 알아보면 알아볼수록 재미있는 게, 사람들의 일반적 선호도가 가격으로 반영된다는 점이다. 그것도 아주 기가 막히게 정확하다. 환경이 조금 더 좋으면 천만 원, 거기서 또 몇 층 더 높으면 천만 원 이런 식으로 선호는 곧 가격에 반영됐다. 그렇게 5천만 원이 더 있으면 동네가 바뀌고 또 5천이 더해지면 거주 형태가 바뀌는 식이었다. 싸다 싶으면 분명 뭐 하나가 부족하고 말이다. 미국 경제학자 그레고리 맨큐가 본다면 무릎을 치며 통쾌해할 만한 가격 결정 구조였다.

"언젠가는 구할 수 있겠지? 숨도 안 쉬고 월급을 모아서 한 10년 정도 후에?"

내가 생각하는 조건들을 모두 따지다보면 10년을 모아도 모자랄 것 같다. 그래서 생각했다. 어떤 것을 포기해야 할지. 어디까지 감내할 수 있고, 죽어도 못 참는 게 무엇인지 정해야겠다고 말이다. 그렇게 포기할 것과 절대로 포기하지 못할 것들에 대해 우선순위를 세워야겠다고 마음먹었다.

그래서 생각해낸 첫번째 우선순위는 바로 '치안'. 그녀를 위해서였다. 조금 더 저렴한 곳을 찾기 위해 골목 안쪽으로 하염없이 들어가거나, 집 현관 코앞까지 외부인이 쉽게 들락거릴 수 있는 곳은 일단 피할 생각이었다.

다음 우선순위는 바로 '위치'. 부동산 용어로 말하자면 '직주근접', 직장과 주거지가 가까운 곳이다. 우리 둘 다 개미처럼 일하고 있으니 위치와 교통이 중요한 건 당연하다. 문제는 내 직장은 광화문에 있고, 그녀의 직장은 송파에 있다는 점. 두 지점의 중간지점에 집을 찾기가 쉽지 않다. 그 중간지점은 용산, 약수, 왕십리 정도가 되려나. 듣기만 해도 서울 한복판. 당연히 언감생심 들어갈 생각도 못할 비싼 곳이었다.

세번째 우선순위는 '월세' 피하기였다. 어쨌든 세계에서 유일하게 있다는 전세제도를 십분 활용해 고정지출을 최소화해야 했다. 그래야 다음번 집을 옮길 때는 조금이라도 더 나은 여건에서 살 수 있지 않을까 하는 생각이었다.

마지막 우선순위는 '주차'. 좀 웃기긴 하지만 새 차를 산 지 1년이 안 된 터라, 그것도 무리해서 산 새 차인지라 아무 길바닥에나 세우고 싶진 않은 게 솔직한 심정이었다. 지금 당장 내가 잘 곳이 없는데 차 걱정이나 하다니. 정신을 덜 차린 게 분명하다. 법정스님의 『무소유』에 등장하는 난초도 아니고. 내다버릴 수도 없는 자동차가 이렇게 내 발목을 잡게 될 줄 몰랐다.

치안   고통   전세   주차

이렇게 네 가지 원칙을 세우고 나머지 것들은 어느 정도 감내할 생각이었다. 아니, 이 네 가지 원칙마저도 다 못 지킬 것 같지만 그래도 1번부터 최대한 사수해나갈 요량이었다.

"근데, 기가 막히게 놀라운 게 뭔 줄 알아? 내가 좋아하는 것들은 남들도 다 좋아한다는 거야.. 반지하 마니아나 골목길 페티시 같은 독특한 취향의 사람들이 아닌 이상, 좋아하는 건 다 비슷하다 이거지."

나보다 한참 먼저 결혼한 친구 동진이의 말이었다. 동진이 말을 들을 땐 그냥 당연히 그렇겠지 뭐, 하고 생각했지만 발품을 팔아 집을 직접 보면 볼수록 무슨 말인지 몸으로 알게 됐다.

"그냥 금액을 말씀해주세요. 그럼 무조건 찾아드릴게."

적극적인 부동산 중에는 이렇게 말하는 곳도 있었다. 알고 보니 부동산 중개업자들끼리 사용하는 웹사이트 같은 게 있는데 그곳에는 다양한 물건들이 올라와 있었다. 물론 다른 중개업자가 올린 물건이었다. 그렇게 영업에 성공하면 최초 물건을 올린 업자와 영업을 한 업자가 수수료를 나눠 먹는 구조라나. 아무튼 주로 그런 곳을 따라가서 큰 재미를 보진 못했다. 생각해보면 당연한 거다. 중개사 입장에서 진짜 좋은 물건을 가지고 있으면 굳이 온라인으로 올릴 필요도 없고, 또 아까운 수수료를 나눠 먹을 필요도 없이 한방에 판매할 수 있을 테니 말이다.

우리에게는 얼마만큼의 땅이 필요한가

우선순위에 대해서 한참을 얘기하고 있는데 카페 창밖으로 빗방울이 떨어졌다. 이렇게 비가 내리려고 찜통처럼 더웠나보다.

"우산도 없는데⋯⋯."

앉아서 멍하게 창밖을 보고 있자니 문득, 톨스토이의 소설 한 편이 떠올랐다. 「인간에게는 얼마만큼의 땅이 필요한가」라는 단편소설이다.

소설의 내용을 말하자면 이렇다. 주인공 '바홈'은 단돈 천 루블만 내면 하루 동안 걸어다닌 땅을 모두 주겠다는 사람을 만났다. 단, 한 가지 조건이 있었다. 해가 지기 전에 출발점으로 돌아와야 한다는 것! 이게 웬 횡재냐고 생각한 바훔은 가상화폐 상한가를 기대하는 폭등이의 마음으로 신이 나서 걸었다.

그런데 걸으면 걸을수록 더 비옥한 땅이 나왔다. 그러다보니 나머지 비옥한 땅을 버리고 지금 돌아가기엔 아쉬움이 너무 컸다. 그렇게 조금만 더, 조금만 더를 외치던 그는 결국 크나큰 실수를 저지르고 만다. 바로 돌아갈 타이밍을 놓친 것. 시간이 얼마 없다는 걸 안 그는 황급히 돌아가려고 했다. 그렇지만 뛰어도 뛰어도 출발점은 나오지 않았다. 이제 와서 포기할 수 없었기에 그는 사력을 다해 쉬지 않고 뛰었다. 그리고 마침내 해가 지기 직전 기적처럼 출발점에 돌아오게 됐다. 그러나 그는 결국 심장을 움켜쥐고 쓰러지고 만다. 그가 무슨 몬주이크의 영웅 황영조도 아니고, 평범한 농민이었기에 당연한 결과였다.

"길이 2ᴍ, 폭과 높이 1.5ᴍ. 인간에게 필요한 땅은 이 정도라네."

그런 말을 듣게 된 건 이미 그가 죽은 후였다.

사람에게는 그렇게 작은 넓이의 땅만 있으면 되는데, 창밖 8차선 도로 너머엔 왜 이렇게 넓은 땅을 가진 이들이 많은지 모르겠다. 그렇게 많이 가진 이들이 워낙 많아서 내가 가질 땅은 없는 건지. 심지어 갖겠다는 것도 아니고 조금 빌려 쓰려고 하는 건데 그마저도 쉽지 않다.

"아니지 오빠. 톨스토이의 교훈은 예산에 맞춰서 집을 구하라는 거 아냐? 우리 예산에 비해 자꾸 과분한 집을 찾으려니까 이렇게 힘이 드는 거 아냐?"

그녀와 편히 마주앉아 있다보니 그사이에 비가 좀 잦아들었다. 여름 소나기가 대부분 그렇듯 그냥 지나가는 비였나보다.

조석의 웹툰 〈조의 영역〉에서는 괴물 물고기가 사람을 공격하는데 비가 억수같이 쏟아져 여기저기 물바다가 되고 더욱 위기에 몰리는 인간의 모습이 그려진다. 한강이 범람하자 금싸라기 같던 여의도 땅도 그렇게 위험한 곳이 되고 말이다. 모두가 평등하게 괴물물고기에 벌벌 떠는 세상이 되면 좀 나으려나. 집은 없고 비가 내리는 걸 보고 있자니 별생각이 다 든다.

"푸하하. 오빠 대체 그게 무슨 소리야. 걱정 말아. 단칸방에 살더라도 내가 한구석에 버섯 모양 텐트 쳐줄게. 그 속에 들어가서 글 써. 오빠 방이야."

"농담 아니야. 비야 계속 와라!"

도장을 들고 부동산으로!

우리는 인생에서 가장 중요한 교차로들에
신호등이 없다는 사실에 익숙해져야 한다.
—어니스트 헤밍웨이

집도 시집을 간다

"거 지금 바로 오시면 될 것 같다니까."

수화기 너머의 걸걸한 목소리의 주인공은 부동산 아저씨였다. 꼭 보여줄 곳이 있다며, 나한테 딱인 것 같다고. 벌써부터 호들갑이었다. 신이 난 아저씨와 달리 나는 좀 심드렁했다. 실은 이런 류의 전화를 받아본 게 한두 번이 아니었기 때문이다. 혹시나 해서 막상 찾아가보면 역시나였다. 뭔가 하나 부족한, 나쁘지 않지만 그렇다고 딱 맘에 들지는 않는 뭐 그저 그런 곳이 태반이었달까.

우선순위랍시고 열심히 고민해서 만들어놓은 '신혼집의 조건'은 이미 조금씩 무너지고 있었다. 애써 외면했던 차가운 대한민국 주거 현실만 다시 확인할 뿐이었다. 그도 그럴 것이 서울 지역 아파트 평균 전셋값이 4억2천만 원. 그보다 훨씬 적은 돈으로 이것저 것 따지다보니 계속 제자리걸음이다. 그나마 위로가 되는 거라면 신혼부부 평균 주택 자금은 1억7천만 원이라는 점. 나와 비슷한 처지의 이들이 평균적으로 이렇게 어렵사리 집을 구하고 있다는 걸 생각해보니 어쩐지 이 싸움이 나 혼자만의 싸움이 아니라는 생각에 조금은 안심이 되는 것도 같다.

매매
6억7천만 원

전세
4억2천만 원

매매
2억4천만 원

전세
1억7천만 원

서울시 아파트 평균 가격

신혼부부 평균 수도권 거주비용

"이 정도면 딱이지이잉! 이 가격에 이런 데 못 구한다니까 글쎄."

아저씨를 따라 들어가본 곳은 사당동의 어느 '도시형 생활주택'. 방은 콩만한 곳이었지만 그래도 큰 도로에 인접해 있는 게 치안이 걱정되지 않는 위치였다. 게다가 그녀의 직장과도 가깝고, 내 직장과도 나쁘지 않은 거리였다. 주차장도 지하 2층까지 있고 10층짜리 허우대 멀쩡한 신축건물인 것도 장점이었다. 게다가 월세가 아닌 전세! 결국 내가 처음 세워놓은 신혼집의 네 가지 조건에도 얼추 맞아 보였다.
그리고 또하나, 실은 제일 맘에 드는 부분이 있었다. 바로 옥상! 옥상에 파라솔과 옥상정원이 꾸며져 있다. 라면에 맥주만 준비하면 나름 근사한 루프탑 분위기도 낼 수 있지 않을까.

"이 정도면 괜찮지 않아?"

부동산 아저씨보다 내가 더 신이 나 그녀에게 전화했고, 퇴근을 하고 뒤늦게 도착한 그녀는 집을 한참 동안 둘러보다가 입을 뗐다.

"좋은데?"
"거 우리는 '집 거래' 하는 것도 '시집보낸다'고 해요. 그만큼 집도 짝을 잘 만나야 거래가 성사될 수 있는 거라 이거지. 내가 보기엔 아주 딱이야!"

집이 그곳에서 살 사람을 만나는 것을 '시집보낸다'고 하다니 재미있는 표현이다. 내 여자친구도 시집가는데, 이 집도 시집가게 생겼다. 시답지 않은 농담도 할 만큼 여유가 생긴 탓일까. 그렇게 얼마간 고민할 것도 없이 우린 계약을 하기로 결정했다.

"이 집이야!"

준비, 준비, 또 준비

가계약을 마치고 기쁘게 돌아와서는 기쁘게 지내기만 하면 될 것 같은데 그게 그리 간단하지 않다. 또하나의 퀘스트가 날 기다리고 있기 때문. 계약을 위한 '자금 융통', 바로 대출이 문제였다.

우리나라 신혼부부들은 평균 5천만 원의 대출을 끼고 화려한 신혼생활을 시작한다고 한다. 그렇다면 나는 평균보다 두 배를 더 넘게 받았나? 살면서 남한테 돈 빌려본 적이 있었던가. 난생처음 받아보는 대출이라 서류를 확인하고 또 확인해가며 그렇게 어렵사리 한 발 한 발 내디뎠다. 그런데 막상 대출을 받고 나니 괜한 짓을 했나 싶었다. 한 달에 이자가 얼마인지 계산을 해보니 가슴이 답답해지니 말이다.

"오빠! 괜찮아! 나 돈 잘 벌어. 크크."

"아 그래? 근데 내가 잘 못 벌…… 하하."

엑셀을 띄워놓고 이곳저곳 숫자를 입력해넣고 있으니 그녀가 해맑게 내게 다가온다. 가난하지만 구김살 없는 커플처럼 우린 웃으며 서로를 응원했다. 그런데 실은 대출보다 더 머리가 아파오는 게 있었으니. 바로 '계약' 그 자체였다.

생전 해본 적도, 누구로부터 교육을 받아본 적도 없는 '계약'이었기에 내가 잘할 수 있을지 걱정이 이만저만이 아니었다. '혹시나' 하는 마음에 인터넷이 이잡듯이 뒤져보고 틈날 때마다 관련 팟캐스트도 들었다. 온갖 정보 속에는 피해를 입은 사람들의 무시무시한 에피소드가 지뢰처럼 숨겨져 있었다. 이를테면 집주인이 아닌 사람이 집주인 행세를 하며 사기계약을 한 경우, 집주인은 맞는데 다른 사람과 이중계약을 한 경우, 집주인과 제대로 된 계약을 하긴 했는데 선순위 채권이 있었던 경우, 그렇게 집이 경매로 넘어가 전세금이 홀라당 날아가버린 경우. 이런 경우, 저런 경우.

아주 다채롭고 풍성한 이야기들의 결론은 바로, 소중한 전세금을 지키기 위해서 반드시 확인하고 챙겨야 할 것들이 있다는 것이다. 나는 그 확인하고 챙겨야 할 것들을 보이는 족족 스크랩했다. 지옥에서 탈출하는 악마가 매뉴얼을 만들 듯. 그렇게 몇 번씩 확인하며, 이른바 '전세 계약 체크리스트'를 만들었다.

"원래 그래. 나도 첫 계약할 때 두통 때문에 다음날 회사 못 갔어."

나의 재테크 멘토, 지수 형에게 이런저런 상담을 하자 그도 경험
담을 늘어놓았다. 그로 말할 것 같으면 금융권 출신답게 금융 관
련 전문지식으로 무장해왔다. 수회에 걸친 부동산 거래 실전 경험
은 물론이고, 지금은 상당한 재력가(?)로 도약중이다. 심지어 요즘
엔 부동산 공부에 재미를 붙여 공인중개사시험을 준비중이라나.
그런 그에게도 애송이 시절이 있었다는 게 상당히 통쾌하면서 한
편으로는 위로가 된다. 특히나 두통으로 회사를 못 갔다니 호탕
하게 그를 비웃어주고 싶다. 하지만 내게 그럴 여유는 없다.

"형. 계약 날 나랑 같이 가서 좀 도와줘요. 어쩐지 형이 있으면 마음
이 좀 편할 것 같아."

사실이었다. 그와 함께라면 천하의 부동산 사기범이라도 벌벌 떨
지 않을까. 수많은 계약을 진행해본 그로서는 잘못된 조항이 있
다면 귀신같이 찾아내 고쳐줄 수 있을 것 같다. 외교담판으로 강
동6주 땅을 되찾아온 서희 장군처럼 위기의 순간에 담판을 지으
며 유리한 계약문구를 되찾아올 것 같다.
나의 간절한 눈빛에 동했는지 그는 흔쾌히 따라나서겠다고 했다.

과연 이중에 내 편이 있을까

"미안한데 오늘 병원에 꼭 가야 할 것 같아. 아내가 임신중인 거 알지? 미안해서 어쩌지……. 그래도 계약은 너무 걱정 말아. 내가 그동안 말한 것 기억하지? 그것들만 차근차근 확인하면 돼. 알겠지?"

이게 대체 무슨 말일까. 히어로물에 나오는 스승님도 아니고. 이미 모든 걸 다 가르쳤으니 지구는 너 혼자 구하라고 말하는 것 같다. 허둥지둥 이것저것 확인하고 있는데 지수 형이 장문의 메일을 보내주었다. 계약 당일 체크해야 할 사항들과 놓쳐서는 안 될 것들, 준비해야 하는 것들이 빼곡히 적혀 있다. 혼자 지구를 지키기 위해 떠나는데, 스승님이 손에 쥐여주는 필살 무기 같은 느낌이랄까.

그렇게 리스트를 출력해 계약 장소로 갔다. 도착할 즈음 출력한 종이는 이미 꼬깃꼬깃해져 있었다. 그리고 마침 그녀로부터 오늘 일이 생겨 조금 늦는다는 문자가 왔다. 우주의 모든 기운이 '너 혼자 가서 해결해'라고 말하는 것 같았다.

"뭐 어때. 얻어맞으러 가는 것도 아닌데."

배짱 좋게 중얼거려보지만 막상 집주인과 대면하니 그게 아니다. 지수 형이 알려준 체크리스트도 가물가물 기억나지 않는 것 같고. 집주인은 70여 호가 살고 있는 이 건물의 건물주이기도 했다. 그렇게 계약 장소에 건물주 내외가 함께 자리했다. 건물 임대 관리를 하는 영업실장도 대동했다. 그리고 부동산 중개사도 마주앉았다. 그렇게 저쪽에 네 명, 이쪽에 나 홀로.

이중, 내 편이 있을까.

영업실장과 중개사는 건물주를 회장님이라고 불렀다. 살면서 이런 부자와 얘기해본 적이 있었나. 경제적 성공이 그 사람의 전인적 성공을 의미하지 않는다는 것을 잘 안다. 또 지금 소유하고 있는 경제적 부가 그 사람의 역량과 인품을 담보하지도 않는다는 것도 잘 안다. 그렇지만 이렇게 마주앉아 있으려니 묘하게 위축되는 느낌이 있다. 그 느낌이 그렇게 싫을 수가 없다.

독립된 법적 주체로서 쌍방 간의 이익을 위해 체결하는 평등한 계약 자리인데 뭐가 문제일까. 경제적으로 성공한 사람은 사회적으로도 중요한 사람이고, 그 사람에겐 저절로 고개를 숙여야 한다는 졸렬한 마음은 직장을 다니며 체득한 생존 방정식이라도 되는 걸까. 내가 좋아하는 김어준 아저씨는 어디서든 누구한테든 절대 쫄지 않는 자기 소신의 중요성에 대해서 그렇게 강조했는데. 그 간단한 것 하나가 쉽지 않다.

계약서를 받아, 마지막으로 다시 한번 확인하고 등기부 등본을 봤다. 신분증을 교환했다. 양측이 서류를 보면서 아무 말도 하지 않았다. 종이 넘어가는 소리만이 간간이 들렸다. 숨막힐 듯한 고요 속에 이름을 쓰고 도장을 찍었다. 그리고 인감증명서를 전달했다. 이 순서가 맞는지 어리둥절하다. 적막이 얼마나 지났을까. 건물을 관리하는 영업실장이 내게 말을 건넸다.

"이거 잘하는 거예요. 신혼 때는 대출도 많이 해야 오히려 돈 모으고 그러는 거지."

어떤 의도로 하는 말인지는 잘 안다. 그렇지만 말도 때와 장소를 가려야 한다. 특히, 받아들일 준비가 된 사람에게 말을 해야 먹혀들어가는 법이다. 그러니 그 말은 지금 이 상황에서 나한테 해서는 안 될 말이었다. 대출을 받아야 돈을 모은다니. 안 그래도 대출 때문에 마음이 불편한데. 욱하며 울화가 치민다.

"지금 뭐라는 거예요!"

한마디 쏘아붙이고 자리를 박차고 나가는 상상을 해본다. 그렇지만 그런 일은 일어나지 않는다. 아무렇지도 않은 척 애써 진정해보지만 이미 뾰족해진 마음은 이 자리를 한없이 불편하게 만들뿐이다. 생전 처음 해본 계약이라 그런가.

문득, 후배 S가 작은 빌라에서 전세살이 때의 얘기를 해줬던 기억이 난다. 그때 집주인은 S의 바로 윗집에 살고 있는 건물주였다. 그런데 후배가 주차를 할 때마다, 필로티 주차장 바닥의 우레탄이 까진다며 잔소리를 했다고 한다.

"야 씨, 그게 대체 말이 되냐. 주차할 때 인형 뽑기 하는 크레인이라도 부르라는 거야 뭐야."

당시에는 광분하며 맞장구를 쳤지만 그런 에피소드는 그저 피식 웃고 말 남 일이라고만 여겼던 게 사실이었다. 그런데 이게 직접적인 내 일이 될 줄 몰랐다. 그래서 지레 겁이 났는지도.

건물 밖으로 나오니 마침 여자친구가 이제 막 도착해 있었다. 그리고 그녀는 언제나처럼 내 편이 돼주며 날 응원해줬다.

"오빠, 걱정 마. 그래도 우리 건물주가 주차하는데 핸들 많이 돌리지 말라고는 안 할 것 같아. 인상 좋아 보이시던데 뭘."

"그……렇겠지?"

"그럼. 당연하지. 걱정 말아."

가보지 못한 길에 한 발씩 내디디려다 보니 걱정이 과했던 것 같다. 계약서에 도장을 찍고 나니 온몸이 욱신거린다.

"잘했어. 잘한 거야! 그치? 잘한 것 맞지?"

계약을 모두 마치고 그녀와 함께 닭갈비를 사 먹었다. 춘천의 맛을 그대로 살렸다는 현수막이 시끄럽게 걸린 곳이었다. 그렇게 닭이 코로 들어가는지 계약서로 들어가는지도 모른 채 일단 입에 넣어 다 씹었던 것 같다. 다행히 지수 형처럼 두통과 함께 앓아 눕지는 않았다.

"잘한 거지?"라 되풀이해서 물었다고 그녀는 증언했다. 돌이켜 생각해보면 크게 잘못될 것 없는 선택이었다. 크게 문제될 것 없는 계약이었고. 관리가 가능한 대출이었다. 그렇지만 그때는 그 모든 게 어리둥절했을 뿐이었다.
내가 히어로도 아니고 지구를 구할 일은 더더욱 없지만, 어설프게나마 조금씩 성장하고 있는 것만은 분명해 보였다. 히어로물의 주인공이 그랬듯 말이다.

STEP 12

결혼 준비에도 휴식이 필요해

친구들아, 밥벌이에는 아무 대책이 없다.
그러나 우리들의 목표는 끝끝내 밥벌이가 아니다.
이걸 잊지 말고 또다시 각자 핸드폰을 차고 거리로 나가서 꾸역꾸역 밥을 벌자.
무슨 도리 있겠는가. 아무 도리 없다.
—김훈, 『밥벌이의 지겨움』 중

꼭 그런 날이 있다

결혼을 본격적으로 준비하면서부터 주말엔 정해진 스케줄이 항상 있었다. 말하자면 어른들을 뵙는다거나 전셋집을 보러 간다거나 드레스를 고른다거나 하는 식이었다. 내 행복을 위한 일이었고 새로운 세상을 체험해볼 수 있는 대체로 흥미로운 시간들이었다. 그런데 문제는 내가 주중에는 빠짐없이 회사에 나가는 평범한 직장인이라는 것이다. 언제쯤 주말이 올까 예쁘게 두 손 모으고 달님에게 비는, 그렇게 간절한 마음으로 야근을 꼭꼭 씹어먹는 직장인 말이다. 나의 그녀도 나와 다를 바 없었다. 아니 나보다 더한 워커홀릭이라는 게 문제였다. 그래서였다. 주말에 할 일이 정해져 있다는 게 언제부터인가 부담으로 다가왔다.

"안 되겠어. 이번주는 쨰자."

결혼 준비에도 휴식이 필요했다. 몇 주 연속으로 결혼 준비에 박차를 가하다가 느낀 깨달음이었다. 마침 축구경기 관람권을 얻게 되어 좋은 기회였다. 한국과 중국이 맞붙게 되는 경기! 상암동에서 있는 경기라 거리도 가까웠고 상대가 중국이라면 우리가 이길 수 있지 않을까 하는 기대도 있어 어쩐지 꼭 직접 보고 싶은 마음이 들었다.

"오! 가보자!"

여자친구는 벌써부터 신이 나 있었다. 그렇게 만사를 다 미루고 우린 상암동에 도착했다. 멀리서부터 사람들의 함성 소리가 들렸다. 축제에 참여하는 기분에 아주 들떴다. 응원하러 온 중국인 관객도 만만치 않을 테니 양측 응원전도 볼 만한 터였다. 그런데 이내 그녀는 어두운 얼굴이 되어 무겁게 입을 열었다.

"어쩌지 나 마감부터 먼저 해야 할 것 같은데. 금방 끝낼게."

그녀의 직업은 기자였다. 기사 마감은 어느 때고 예외 없이 그녀를 따라다녔다. 애증의 의무 같은 것이랄까. 여자친구에 대해 잠시 말해보자면 그녀는 천성이 성실한 사람이다. 흥도 많고 노는 것도 좋아해서 성격의 밑바탕에 '신남'이라는 기조가 깔려 있긴 한데. 그것과는 좀 안 어울리게도 참으로 성실하다. 일할 때도 물론 예외가 아니었다. 한병철의 『피로사회』에 등장하는 '끊임없이 스스로를 착취하는 사람'으로 표현하면 될까.

그녀는 결벽증 같은 책임감과 강박적인 성실함으로 일하는, 자본주의가 썩 맘에 들어할 노동자였다. 내가 보기엔 그런 성격의 사람이 '기자'라는 직업을 가지면 좀 커다란 시너지가 나는 것 같다. 모든 기사에 자기 이름이 붙어나가다보니 이름이 곧 브랜드가 된다. 본인이 쓴 기사의 무게가 훅훅 다가올 수밖에 없다. 그런 면에서 스스로를 좀더 몰아붙이기 좋은 환경이 만들어지는 것 아닐까. 한 번만 더 확인하고 한 번만 더 고민하면 좋은 글이 나올 수 있으니 멈출 수 없는 것이다.

세상에 이런 기사를 누가 볼까 하는 작은 내용도 예외일 수 없다. 설사 많은 이들의 관심에서 멀어져 있는 내용이라도 본인 이름에 누가 되지 않도록 묵묵히 기사의 탑을 쌓고 있는 이들이 바로 내가 아는 기자들이었다. '기레기'라는 도매급 비판의 대상이 되기도 하지만 그것 또한 이 직업이 갖는 도덕적 비용 같은 것일 게다. 실은 그런 도덕적 책임감 때문에라도 더 고민해야 할 부분이 있을 것 같고 말이다.

그녀 또한 그런 매력과 책임감 사이에서 오늘도 예외 없이 마감을 해야 했나보다. 물론 수일 전부터 오늘의 축구 경기를 기대했지만 갑작스럽게 이슈가 터지면 어쩔 수 없다. 기사를 써야 하는 건, 직업적 숙명 같은 것이다. 그 숙명은 집착 강한 구남친처럼 정말 끈덕지게 그녀의 일상을 파고들었다.

"그래, 마감하면 되지. 경기장 근처에 카페 있으니까 거기서 쓰자."

경기 시작 10분 전. 경기장 아래층에 있는 카페로 갔다. 경기장 밖 멀리서 들었던 소리와 차원이 다른 함성 소리가 났다. 건물이 쿵쿵 울린다. 축구 경기 때문에 당연히 카페에는 사람이 없었다. 위층에는 함성 소리 아래층에는 정반대의 고요가 있었다. 그녀는 미안해하며 키보드를 두드렸다. 손톱을 깨물다가 어딘가로 전화를 하고 다시 키보드를 두드렸다. 탁자 다른 편에는 여기저기 펼쳐놓은 자료들이 쌓였다. 수두룩한 메모들도 보였다. 어지럽게 써진 메모는 알아보기 힘든 글씨였다. 함성 소리는 더 커져갔다. 선수들이 입장하고 양국의 국가가 울렸다.

"어쩌지. 나 마무리하려면 시간이 좀더 필요할 것 같아. 축구, 오빠라도 가서 먼저 보고 있을래?"

굳이 그럴 마음은 없었다.

"아냐, 얼른 끝내자."

그렇게 금방 끝날 것 같던 그녀의 타이핑은 전반전이 종료될 때까지 이어졌다.

"아직도야?"

몇 통의 짜증스러운 전화를 더 받고 그녀는 기진맥진해졌다. 꼭 그런 날이 있다. 간단하게 끝날 수 있는 일들이 한도 끝도 없이 꼬이며 엉킨 실타래처럼 돼버리는 날. 그녀에게 오늘이 바로 그런 날이었다.

"오늘 왜 이러지⋯⋯."

그녀는 이미 울상이 돼 있었다. 어떤 이들은 물었다. 기사를 쓰고 그 기사 클릭수가 올라가면 월급을 더 받는 거냐고. 당연히 아니다. 그리고 그런 질문은 상당히 결례되는 질문이 되기도 한다. 자신의 자존심을 지키며 묵묵히 자기 일을 하는 이들도 있기 때문이다. 거기서 좀더 나아간다면 세상을 바꾸기 위한 작은 소명의식이랄까.

"아냐 그런 건. 너무 오버다."

그녀는 내가 이런 말을 하면 손사래를 쳤다. 본인이 그렇게 기사에 집착하는 건 명예도 아니고 소명의식이라고 하기엔 손발이 오 그라들고 사회적 책임감이라고 한다면 너무 거창하단다.

"그럼 대체 뭐야? 뭐 때문에 그렇게 매달리는 거야?"

비슷한 질문을 했던 적이 있었다. 우리 부모님에게 그녀를 소개하러 가던 날. 그날도 그녀는 마감중이었다. 시간에 쫓기며 내 차 안 조수석에서 노트북을 끌어안고 기사를 쥐어짜고 있었다. 한참 길이 밀렸다는 게 그녀에겐 오히려 천만다행이었다. 부모님을 만나기 전까지 무사히 기사를 끝낼 수 있었고, 그러고 나서 그녀의 직업과 우리의 일에 대해서 긴 시간 얘기했던 기억이 난다.
그런데 저 물음, 대체 왜 그렇게 과하게 일에 매달리는가, 이것에 대한 뚜렷한 답을 듣지는 못했던 것 같다.

우린 내일도 일해야 하는 사람들이니까

경기장에선 종료 휘슬이 울렸다.

축구 경기가 펼쳐지는 후끈한 밤을 그녀는 또다른 의미에서 후끈하게 보냈다. 마음이 불편했다. 그렇게 불편한 마음은 그대로 싫은 소리가 되어 내 입 밖으로 나왔다. 정작 속이 타고 스트레스를 받은 건 그녀일 텐데. 나는 그녀의 마음을 긁고 싶었던 것 같다.

"대체 이렇게까지 하면서 살아야 되는 이유가 뭐야?"

대개 이런 말은 누구에게도 득이 되진 않지만 꼭 현실 속에 등장해 모두를 괴롭히기 마련이다. 결국 그녀는 눈물을 보였다. 우리 편이 억울하게 역전패라도 당한 것처럼 세상 서럽게.

영화 〈베를린〉의 한 장면이 떠오른 건 한참 후였다. 그녀를 달래고 지지리 못난 나를 자책하며 떠올렸던 것 같다. 영화에서 표종성(하정우)은 목숨을 걸고 자기 일에 매달리는 정진수(한석규)를 보며 말한다. 나는 당신이 정말 이해가 안 간다고. 대체 목숨을 걸고 왜 이렇게 이 일에 매달리냐고. 거기서 정진수가 한 말은 인상적이다. 수년 전에 봤던 대사인데 쏘쿨한 그 한마디가 그렇게 생생할 수가 없다.

"일하는 데 이유가 필요 있냐? 그냥 내 일이니까 하는 거지."

목숨을 걸고 굳이 복잡한 일에 자기 몸을 던진 사람이 한 대답 치고는 좀 싱겁다. 그래도 영화 속 정진수의 매력을 잘 살리는 대사가 아닐까. 그런데 어쩌면 이 대사처럼, 그녀와 같이 하루하루를 성실하게 보내는 직장인들의 마음은 다 똑같은지 모르겠다. 기자로서 거창한 사명감과 이름에 대한 책임감보다는, 그냥 일이니까. 이게 바로 그녀와 나의 일이니까, 열심히 하는 건 어쩌면 이유가 필요 없는 것인지도 모르겠다.

그 단순한 진리를 인정하기까지 우리는 또 몇 번을 부딪히고 또 몇 번을 더 울게 될지도 모르겠다. 그렇지만 확실한 것 하나를 배웠다고 하면 스스로에게 조금 위로가 될까.

우린 실은 그렇게 거창하고도 대단한 일을 하는 사람들이 아니다. 그래도 우리는 하루하루 열심히 개미처럼 사는 사람들이다.

일 그 자체에서 거창한 의미를 발견하려 한다면 지나친 낙관론자일지도 모르겠다.

아이러니하게도 축구 경기 사건 이후로 그녀와 더 가까워진 것 같다. 그녀를 좀더 이해하고 그녀 또한 나와 더 많은 이야기를 할 수 있게 되었으니까.
그리고 무엇보다 가장 큰 변화가 있었다. 그건 바로 우리 결혼의 방향성에 대한 것. 우리가 상상하고 바라는 방향대로 끌고 가는 것도 중요했지만 현실 또한 무시하지 않기로 했다. 우린 주말이 지나고 또 치열하게 일터에서 각자의 몫을 해야 하는 사람들이니까.

그래서 이상과 현실의 균형을 잡아보기로 했다. 현실이 허락할 수 있는 수준에서의 이상이라고 할까. 그런 의미에서 다음주에는 웨딩 플래너를 만나볼 생각이었다. 우리가 할 수 있는 건 셀프로 하겠다고 다짐했었는데, 그 원칙을 깨버려야 하는지 고민스러웠다. 그렇지만 원칙을 깨다기보단, 그냥 '궤도 수정'이라고 하고 싶다. 미지의 세계로 끝도 없이 날아가는 우주선처럼. 알지 못하는 세상으로 나아가기 위해 앞으로도 더 많은 궤도 수정이 있을 것 같다. 그러나 우린 잘 안다. 그것이 궤도로부터의 이탈이 아닌 올바른 궤도로 진입하기 위한 수없는 노력의 다른 이름이라는 것을.

요즘에는 최대한 자유를 보장할 수 있는 '다이렉트 웨딩' 같은 것도 있다고 들었다. 그 모든 안을 열어놓고 웨딩 플래너를 만나보기로 했다. 현실에 발을 딛고, 이상을 향해.

우리는 그렇게 또 내일의 출근을 준비했다.

STEP 13

결혼식의 설계자들

세상이 미쳐 돌아갈 때 누구를 미치광이라 부를 수 있겠소?
꿈을 포기하고 이성적으로 사는 것이 미친 짓이겠죠.
쓰레기 더미에서 보물을 찾는 것이 미쳐 보이나요? 아뇨!
너무 똑바른 정신을 가진 것이 미친 짓이오!
그중에서도 가장 미친 짓은 이상을 외면하고 현실을 있는 그대로 보는 것이오.

—미겔 데 세르반테스, 『돈키호테』 중

웨딩 플래너에게 주고 싶지 않은 것

웨딩 플래너를 만나봐야겠다고 생각한 데에는 결혼 준비 시간이 부족하다는 것 외에 한 가지 중요한 사실을 알게 된 점도 한몫했다. 드레스든, 헤어든, 촬영이든 내가 직접 구하다보면 어떤 조합을 짜봐도 비용이 더 들기 마련이었다. 소위 '업체'에서 만들어내는 스드메 패키지를 당해낼 제간이 없었던 것이다.

"그래서 다들 플래너 통해서 준비하나봐."

사실, 현실을 아주 몰랐던 건 아니다. 그래도 열심히 찾다보면 분명 우리만의 방법이 있을 거라고 생각했다. 합리적인 가격에 우리의 이상을 '짠' 하고 실현해주는 곳이 있을 거라 믿었다. 그러나 과

신이었다. 이상은 높은데 현실은 그걸 몰라주니 섭섭할 따름이다. 야심 차게 결혼을 계획했는데. 결국 플래너를 만난다는 게, 뭔가 이번 게임은 진 것 같아 마음이 괴롭다.

"어쩌면 좋은 기회일지도 몰라."
"무슨 말이야?"

이런 상황에서도 긍정의 신을 소환하는 여자친구였다.

"어찌 보면, 우리 맘대로 준비해온 것들을 중간점검해볼 수도 있는 기회잖아."

고개를 끄덕이게 하는 그녀의 주장이었다. 어쩌면 생각지도 못한 유용한 정보를 얻을지도 모른다. 그네들은 전문가니까. 새털같이 많은 커플들을 보면서 조언해주고 도와주는 게 그들이 하는 일이 니까. 생각이 여기까지 미치자 어쩐지 한편으로는 플래너와의 만남이 기대되기도 했다.
그렇게 웨딩 시장을 주름잡고 있다는 강남의 A업체를 찾았다. 결혼한 친구를 통해 소개받은 전문가가 우리를 기다리고 있었다. 플래너를 따라 쭈뼛쭈뼛 사무실로 들어갔다. 원형 테이블 앞에 앉자 늦깎이 재수생처럼 어쩐지 위축된다. 뭔가 큰 잘못이라도 한 건 아닐까. 조마조마한 마음을 숨긴 채, 갈 길을 잃은 눈동자는 사무실 이곳저곳을 방황했다. 그리고 얼마나 지났을까. 우리의 결혼 준비 상황을 찬찬히 듣던 플래너는 역시나 불호령을 내렸다.

"아니, 아직 이것도 준비 안 하셨어요?!"

아무래도 우리의 대책 없음에, 그럼에도 이렇게 해맑게 앉아 있음에 깜짝 놀란 듯했다. 아침 드라마에나 나올 법한 과장된 리액션이었지만 아예 예상을 못한 건 아니었다. 플래너는 우리에게 아이패드로 작은 표를 하나 보여줬다. 결혼 준비 각 단계마다 뭘 해야 하는지, 소상히 나와 있는 로드맵이었다. 그 로드맵에 따르면, 우리처럼 결혼식을 두 달 정도 앞둔 경우엔 이미 드레스와 메이크업 숍 선택을 끝내고 스튜디오 촬영까지는 마친 상태여야 했다. 한마디로 말해 우리는 낙제생이었다.

"그래도 너무 걱정하지 않으셔도 돼요. 이쪽 한번 봐보시겠어요?"

헐크 같던 플래너는 이내 평정심을 되찾고 말을 이었다. 생존 수업을 하는 선생님처럼 펜을 꾹꾹 눌러가며 말이다. 우리의 지금 준비 상황이 이상적인 모습과의 괴리가 얼마나 되고 그것에 다다르기 위해 어떤 액션 플랜을 짜야 하며 결국 그렇게 했을 때 어떤 내일이 있을지 비전 제시까지! 완벽했다. 홀린 듯 듣다가 나도 모르게 계약서에 사인을 할 뻔했다.

"근데요, 뭐랄까…… 저희는 좀 판에 박힌 결혼식보단 저희만의 결혼식을 생각하고 있어요."

플래너의 눈치를 보며 용기 내서 꺼낸 말이었다. 그랬더니 플래너는 더 자신 있게 받아친다.

"아하, 그럼 이거 한번 봐보세요."

우리가 생각한 스몰웨딩뿐만 아니라 야외웨딩, 채플웨딩 온갖 종류의 특별한 결혼식 샘플을 보여줬다. 쉽진 않지만 내가 말한 것 또한 충분히 가능하다고 귀띔했다. 결혼 준비 만렙인 플래너의 케이스 스터디 자료를 벗어날 길은 없어 보였다. 니가 무슨 말을 하든 내 손바닥 안이라는 듯, 그녀는 열반으로 안내하는 종교 지도자처럼 다시금 여유로운 미소를 머금었다.
솔직히 좀 놀라웠다. 내가 원하는, 아니 내가 생각했던 것 이상으로 내 계획은 실행 가능해 보였다. 내 개별상황에 맞게 나만의 요구에 맞춰 충분히 커스터마이즈될 수 있었다.

"바로 그걸 도와주기 위해서 제가 있는 건데요."

거참 흥미롭다고 생각했다. 그동안 그렇게 고민했는데. 아등바등하면서 '어떻게 하면 천편일률적인 결혼식의 모습에서 벗어날 수 있을까', '어떻게 하면 우리 색깔을 넣을 수 있을까' 생각했는데. 대안마저도 이렇게 훌륭한 기성품으로 나와 있다니. 손때 묻은 고풍스러움까지도 기성품으로 찍어낼 수 있다는 공장형 빈티지숍에 들어간 느낌이 이럴까. 한참을 들으며 쏩쓸함을 느낀 이유였다.

"아, 음, 네."

하지만 솔직히 말해서, 플래너의 모습에 듬직함을 느꼈다기보단 자꾸 주눅이 들었다. 그리고 좀 서글프다는 생각도 들었다. 우리가 상상했던 우리만의 웨딩이 실은 아주 그렇게 특별할 것도 없다는 걸 새삼 깨달았기 때문이다. 아마도 어느 영화나 드라마에서 봤던 멋진 장면 중 하나를 보고 만들어진 상상이었을지도 모르겠다. '인간은 타자의 욕망을 욕망한다'고 프랑스의 한 철학자가 말했다. 아마도 그 철학자가 나와 여자친구를 본다면 무릎을 탁 치며 통쾌해하지 않았을까. 거보라고. 자기 말이 딱 맞지 않냐고 말이다.

"그냥 저 플래너한테 맡기면 진짜 착실하게 잘해주겠다."

쉽게 문제를 해결할 수 있을 것 같단 생각에 나도 모르게 그런 말이 나왔다.

"아냐, 그럼 준비 과정의 재미를 느낄 수가 없잖아!"

맞는 말이다. 그리고 중요한 말이기도 하다. 곰곰 생각해보면 우리가 상상했던 그 특별한 '우리만의' 결혼식이 꼭 '형식'의 특별함은 아닐 테니 말이다. 우리가 머리를 싸매고 같이 고민하는 것. 그리고 그런 고민을 우리 힘으로 현실화해나가는 것이야말로 진짜 '셀프'가 갖는 의미일 것이다. 준비하는 재미 또한 쏠쏠할 텐데 어쩐지 그걸 플래너에게 통째로 넘겨주고 싶진 않았다.

절대 법칙, 마법의 삼각 구도

시간을 줄이기 위해 플래너에게 의뢰하자니 '의미'가 퇴색되고 '예산'도 늘어나는 모습이다. '예산'을 줄이자니 우리가 생각한 '특별함'은 포기하고 남들과 같은 평범한 모습을 선택해야 했다. 따지고 보니 돌고 도는 결혼 준비의 절대 법칙 같은 게 있는 것 같았다. '특별함', '돈', '시간'이라는 삼각 구도가 바로 그것!

우리는 이 삼각 구도 중에서 잘해봐야 두 개를 취할 수 있다. 세 개는 불가능하며 과욕이다. 그러니까 '특별한' 결혼식을 '싸고' '빠르게' 준비할 수는 없는 것이다.

타협안을 찾자면 이렇다. '특별한' 결혼식을 위해서는 '예산'을 많이 써서 플래너의 준비력을 빌리면 '시간'을 벌 수 있다. '예산'을 많이 쓰고 싶지 않을 경우, '시간'을 투자해 노력한다면 '특별한' 결혼식을 위한 아이디어가 퐁퐁 솟아날지도 모르겠다. '예산'도 '시간'도 쏟아붓기 싫다면 간단하다. '특별'하지는 않지만 무난한 결혼식을 준비하면 된다. 특별히 거부감을 가질 필요도 없다. 이번 주말만 하더라도 거의 모든 커플들이 그렇게 남들과 같은 결혼식을 할 것이고, 또 자신들만의 무한한 행복의 꽃을 만개하며 살아갈 것이기 때문이다.

이 간단한 것 하나를 인정하지 못해서, 난 세 가지를 모두 가지려고 발버둥쳤던 것 같다. 그것이 현실적으로 불가능하다는 걸 깨닫기까지 그렇게 맨땅에 헤딩을 하며 몇 번의 시행착오를 겪었는지 모른다.

사실 정답은 없다. 다만 내게 맞는 것이 무엇인지 고민해보고 한번 덤벼보는 게 그나마 정답을 향해 가는 길 아닐까. 무엇보다 중요한 건 어떤 선택을 하든 그것의 결과는 온전히 결혼을 준비하는 신랑과 신부가 감당해야 할 몫이라는 것이다.

몇 명의 플래너를 더 만났고 볕 좋은 어느 일요일 오후, 우리는 웨딩박람회라는 광고를 보고 한 다이렉트 웨딩업체를 찾아갔다. 다이렉트 웨딩이란 결혼식 전반에 관여하지는 않고 관련 업체들을 중개해주기만 하는 방식이었다. 그렇게 유통 마진이나 중간 비용을 싹 뺀 방식인 셈이다. 그만큼 우리에게 자유가 보장되고 준비 과정의 재미를 느낄 수 있음은 물론이지만 세세한 챙김은 받을 수 없다. 이 방법이 우리에게 절충안이 될 수 있을까.

무엇보다 이런 다이렉트 방식이 끌렸던 데에는 또다른 이유가 있었다. 바로 이곳을 방문했을 때의 첫 풍경 때문이다. 인상적이다 못해 조금 충격적이기까지 한 모습을 묘사하자면 이렇다. 넓은 강당 같은 곳에 수십 개의 탁자들이 놓여 있고 다시 그곳에 수십 쌍의 커플들이 결혼 상담을 받고 있었다. 그것도 아주 열렬하게 상담을 주고받는 모습이었다. 흡사 새벽시장의 경매 열기 같았다고 하면 오버일까.
좀 놀라웠다. 오직 결혼이라는 목표를 위해 이 많은 사람들이 이렇게 열띤 이야기를 하고 있다는 점이 말이다. 이렇게 뜨겁게 결혼을 준비하는 이들이 있는데 대체 누가 우리 세대를 가리켜 결혼하지 않는다고 했나. 이 장면은 결혼을 준비하는 내내 두고두고 생각이 났던 장면 중 하나였다.

"다들 이렇게 열심히 하는구나……."

우리가 헐렁하게 준비한 건 아니지만, 본인들의 사랑과 행복을 현실로 만들기 위해 시간과 노력을 기꺼이 아끼지 않는 이들을 보며 좀 뭉클해졌다.

관계를 유지하기 위해선 노력을 해야 하듯 새로운 관계를 시작하기 위해서도 유감없이 노력해야 함은 어쩌면 너무나 당연한 일이다. 결혼이라는 현실적 목표를 위해 고군분투하고 있는 우리 모습에서 어느 정도의 정당성을 발견한 하루여서일까. 후다닥 지나가 버린 시간이 조금도 아깝지 않았다. 한참 상담을 받고 나오니 주말 여름 햇살도 한풀 꺾여 있었다.

다이아몬드는 언제부터 사랑의 증표가 되었을까

현대사회의 대다수 사람들이 육체적 안락에
필요한 것보다 더 많은 소비를 하는 직접적인 이유는
과시적 소비에 지출하는 비용을 늘리기 위한 의도적인 노력이 아니라
인습적인 체면치레의 기준에 맞추어 소비하는
재화의 양과 질을 높이려는 욕망에 있다.
—소스타인 베블런, 『유한계급론』 중

왼손 약지에 반지를 끼우는 이유

"진짜 여기가 맞아?"

골목을 지나니 또 골목이 나온다. 맞은편에서 사람이 온다면 우리 그 사람이 골목을 다 지날 때까지 이편에서 기다려야 할 판이다. 그렇게 좁고 미로 같은 곳을 지난다. 이 골목을 계속 걷다보면 영화에서만 보던 마약상이 짠 하고 나타나는 건 아닐까. 회사가 바로 이 근처인데 이런 곳이 있는 줄도 몰랐다. 이렇게 걷다보면 과연 우리가 찾는 곳이 나오려나.

"그렇다니까! 엇. 여기다! 오빠, 이쪽으로 와봐."

돌고 돌아 마침내 다다른 곳. 바로 종로의 귀금속 도매상가 뒷골목이다. 허름한 건물의 뒤편으로 계단이 나 있다. 좁은 계단을 따라 올라가니 복도가 나온다.

그렇다. 오늘은 커플링을 보러 왔다. 누군가는 '웨딩링'이라고도 하고 또 누군가는 '웨딩밴드'라고도 하는 바로 그것. 사랑의 증표다.

"이런 곳이 다 있네. 여긴 어떻게 찾았대?"
"입소문으로 찾았지! 여기가 평이 좋더라고. 예쁜 것도 많고."

건물 안으로 들어가자 사장님이 사람 좋은 미소를 하고 복도까지 나와 있다. 그녀가 미리 예약을 해둔 터라 우릴 기다리고 있었던 것. 그를 따라 복도를 지나 마침내 가게 앞에 섰다. 그리고 문이 열린다. 문 안의 세상은 완전히 딴판. 고급스러운 실내에서 보석들이 반짝인다. 나직한 감탄사가 절로 나오는 곳이다. 온갖 우여곡절 끝에 보물섬을 발견한 해적들의 마음이 이랬을까. 아니, 해적들은 그 많은 보석을 그냥 가져갔겠지만 나는 신용카드를 넘겨주고 가져가야 한다. 게다가 금은보화는커녕 내 손가락에 살짝 걸칠 정도의 귀여운 크기의 보석, 딱 그 정도만이 내게 허락될 것이다.

"찾아오느라 힘드셨죠?"

사장님은 원래 도매 판매가 주력인데, 요즘 인스타그램으로 입소

문을 타며 이렇게 소매 판매도 한단다. 한창 재미를 보고 있다나. 여자친구가 처음 이곳을 알게 된 것도 인스타그램을 통해서였다니 그의 말이 틀린 것 같지는 않다.

"두 분 너무 잘 어울리세요. 그런데 두 분, 여기 약지 있죠? 왜 왼손 약지에 반지를 끼우는지 아세요?"

사장님은 본인의 손가락을 펼쳐 보이며 말했다.

"그러게요. 어디 영화에 나왔나?"

내가 갸우뚱하며 물었다. 생각해보면, 보통 우리는 왼손 약지를 보고 그 사람의 연애 여부 혹은 결혼 유무를 판단하곤 한다. 굳이 SNS를 탈탈 털어가며 뒤를 캐지 않아도 되는 상당히 간편하고도 효율적인 수단인 셈이다. 이런 효율적인 수단은 대체 누가 먼저 사용하기 시작했을까. 그리고 언제부터 암묵적인 사회적 약속(?)이 되었을까.

"이게 말이에요. 고대 로마시대까지 거슬러올라가요."

사장님은 그 많은 반지 세트를 진열대 위로 꺼내면서 말을 이었다. 옛날이야기를 해주는 할머니처럼 '요녀석들 이게 얼마나 재미

있는데'라는 표정으로 입맛까지 쩝쩝 다시면서.

"그때는 말이에요, 이 왼손 약지가 심장으로 연결되는 혈관이 흐르는 곳이라고 믿었대요. 그러니까 엄청 중요한 손가락이라는 거죠. 자, 이쪽으로 손 주세요."

사장님은 우리에게도 어김없이 왼손을 요구했다. 그렇게 선반 위에 펼쳐진 반지를 이것저것 대보다 마침내 하나를 손가락에 끼웠다. 그리고 이리저리 돌려봤다. 이내 다음 반지를 끼웠다. 그리고 또 다음 반지.

"이거 괜찮네요. 자, 다음이요."
"오, 사장님! 이게 예쁜 것 같아요. 오빠는 어때?"
"응? 음……"

나는 어리둥절해, 그저 손만 다소곳하게 내밀 따름이었다. 이걸 끼우면 저게 기억이 안 나고 저걸 다시 끼우면 아까 끼웠던 게 기억이 안 나는 것 같은데. 어쩐지 주눅이 드는 나와 다르게 그녀는 신이 났다. 오기 전부터 스크랩해두었던 반지 사진들을 휙휙 넘기며 그렇게 여러 반지를 비교해본다. 그녀는 참 좋아하는 것도 많고 관심 있는 것도 많다. 반지에 대한 관심도 예외일 수 없다.

"지금부터는 맘에 드시는 것들을 모두 골라보세요. 그리고 이상형 월드컵을 하듯이 하나씩 붙여볼게요."
"이거랑, 이거랑 그리고 저것도요."

그녀는 눈을 반짝이면서 고른다. 나도 골랐다. 나름의 심미안을 뽐내며. 그렇게 하나씩 바꿔 끼워가며 보자 최종안으로 서너 개가 골라진다. 그러고 나서 대망의 최종 선택.

눈이 시큰거릴 때까지 기를 쓰고 우리의 반지를 찾는다. 그렇게 얼마가 지났을까. 마침내 마지막 선택을 하고야 말았다. 작고 반짝이는 그 물건이 드디어 주인을 만난 것! 그 어려울 것 같은 '우리에게 딱 맞는 반지 고르기'를 우린 해내고야 만 것이다!

몰려오는 성취감 때문일까. 아니면 벌컥벌컥 들이켠 커피 탓일까. 그녀는 치열한 선택 끝에 화장실을 찾았다.

대체 이건 누구의 큰 그림일까?

그 틈을 타서 영민한 사장님이 내 곁으로 다가왔다. 그러고는 슬쩍 속삭였다.

"근데 프러포즈는 하셨어요?"
"아니요. 그건 왜……"
"프러포즈할 때 보통 다이아 반지는 하시거든요. 명함 하나 드릴 테니까 여자친구 몰래 연락주세요."

턱수염이 정글처럼 난 사장님이 '찡긋' 하고 내게 윙크를 날렸다. 안 그래도 다이아 반지를 여자친구 손에 끼워보며, 그녀의 선호까지도 슬쩍 알아봤단다. 와, 뭐지? 사장님의 장삿속이 밝은 걸까, 그녀의 큰 그림이 치밀했던 걸까. 그녀와 사장님이 사실은 한편이었던 것은 아닐까. 별생각이 다 들어 정신이 혼미해진다.

'절대로 다이아 반지는 하지 말아야지'라고 생각한 건 아니었다. 그렇지만 '이건 무슨 일이 있어도 꼭 해야 한다'라고 생각한 것도 아니었다. 그런데 생각이 조금씩 바뀐다. 그녀가 어쩌면 당연히 받는 것으로 생각할 수도 있을 테니 말이다. "혹시 다이아 반지 원해? 우리 살까?" 이렇게 대놓고 물어보자니 김이 빠지고 그냥 실용주의자답게 안 사고 쿨하게 넘어가자니 신경이 너무 쓰인다. 딜레마에 빠졌다.

"다이아라는 게 참 재밌어요. 이 작은 게 뭐라고 사람의 마음을 흔들기도 하고, 또 들었다 놓기도 하니 말이에요."
"아…… 네."
"허허. 아니 왜 이런 것도 있잖아요. '순애~ 김중배의 다이아몬드가 그렇게도 탐이 났단 말이~냐?' 하하하."

사장님은 갑자기 변사처럼 어설픈 연기를 펼친다. 이게 지금 무슨 상황인지 어안이 벙벙한 나를 보며, 그는 다이아몬드 얘기를 이어 갔다.

"이 다이아몬드에 실은 재미있는 얘기가 숨어 있어요. 바로 이 다이아가 언제부터 사랑의 증표가 되었느냐!"

때는 르네상스시대까지 거슬러올라간다. 당시 무역도시로 이름을
날리던 베네치아에서 다이아몬드는 프러포즈용으로 사용됐다고
한다. 그 어느 광물보다 단단한 다이아몬드의 특성은 영원한 사랑
을 상징하기에 그때나 지금이나 최고의 수단 아니었을까. 그러나
다이아몬드는 왕족이나 귀족들의 전유물이었다고 한다. 그러던
게 1900년대가 되면서 급속도로 바뀌기 시작한다. 기술이 발달하
면서 다이아몬드의 방대한 발굴이 가능해졌기 때문이다. 이제 다
이아몬드는 일반인들도 조금 무리하면 살 수 있는 보석이 되었다.
거기에 판매회사의 마케팅 전략도 단단히 한몫했다. 다이아몬드
를 사랑의 상징처럼 포지셔닝하고, 프러포즈할 때 꼭 필요한 것이
라고 대대적인 광고를 해왔으니 말이다.

"오~ 그럼 그때부터 다이아몬드가 유명세를 좀 탔겠네요."
"그렇죠. 게다가 사랑의 상징이 될 수 있었던 몇 가지 결정적 이유도
있고요."

어느 순간부터 나는 관객 모드로 바뀌었다. 그렇게 사장님 말에
침을 삼키며 집중했다. 사장님의 진짜 직업은 대체 뭘까. 집에 가
면 페이스오프를 한 뒤 할머니의 모습으로 백설공주에게 사과를
건네는, 희대의 언변술사는 아닐까.

"무슨 얘기를 그렇게 재미있게 하고 있어?"

때마침 그녀가 돌아왔다. 막 재미있어지려는데 사장님은 아무 일도 없었다는 듯 웃는 얼굴로 여자친구를 맞이한다. 아무래도 나는 덫에 걸린 것 같다. 덫을 빠져나가는 데에 대한 대가는 바로 '다이아몬드'. 지금까지 결혼 준비에 대해 모든 걸 그녀와 의논해가며 준비했는데 이제 의논하지 못하는 것 하나가 생겼다. 차근차근 계산을 하고 숍을 나왔다. 주얼리숍을 나오는 그녀는 나와 다르게 즐거워 보였다.

소비는 실용적이지 않을수록 통쾌함이 있다. 생계와는 저만치 멀리 떨어져 있을수록 더욱 그렇다. 그녀가 더 즐거워 보이는 이유가 이것 때문 아닐까.

그녀에게 조심스럽게 말을 걸었다.

"이건 그냥 순수한 호기심 때문에 그러는데, 드라마에서 보면 프러포즈할 때 다이아몬드 주고 그러잖아. 그런 건 좀 식상하지 않아? 너무 뻔하고 말이야."

예물로 시계 대신에 맥북을 받았다던 친구 S의 이야기를 꺼내며 엄청 웃기지 않냐고 자연스러운 맥락으로 말했는데 여자친구의 반응은 그게 아니다.

"사랑의 증표는 다이아몬드 아냐? '김중배의 다이아몬드가 그리도
좋단 말이냐아~?' 이런 것도 있잖아. 크하하하. 근데 갑자기 왜? 나
다이아몬드 사주게? 안 그래도 밥 먹을 때마다 꼭꼭 안 씹고 혀로
살살 돌려가며 먹고 있는데. 혹시 오바가 밥에다가 다이아몬드 넣
어놨을까봐."
"헐! 너 그거 먹었어? 아까 점심때 먹은 햄버거에 넣어놨는데. 빨리
뱉어봐. 아니 화장실 다시 한번 다녀와. 얼른!"

낄낄거리며 시답지 않은 농담을 주고받았지만 어쩐지 다이아몬
드는 꼭 해야 될 것 같다는 생각이 들었다. 각자의 로망이라는 게
있는데 내가 그 로망을 알고도 모르는 척하고 넘어갈 순 없는 거
겠다. 그런데 그녀는 왜 하필 김중배 얘기를 꺼낸 걸까. 대체 왜 반
지 가게 사장님과 같은 레퍼런스를 사용했는지 생각해볼수록 뭔
가 묘하게 소름이 돋는다. 우연이겠지?

집에 돌아와서는 괜스레 다이아몬드를 검색했다. 딸깍딸깍 마우스
소리가 내 방에 울려퍼진다. 작고 예쁜 보석이 화면에 나타났다가
사라진다. 세상에서 가장 단단한 광물. 반짝이는 이 물건은 웬만한
조건에는 변하지 않는다. 거참 매력적인 특징이다. 우리는 다이아
몬드처럼 웬만해선 변하지 않는 영원한 사랑을 꿈꾸니 말이다.
사랑은 눈에 보이지 않기에, 무엇으로 사랑을 증명해야 할지 고민
에 고민을 거듭한 사람들이 마침내 발견한 해답이 바로 '다이아

몬드'였을지도 모르겠다. 반짝이는 겉모습만큼 반짝이는 사랑이
만들어질 수 있길 기대하며 그렇게 다이아 반지는 우리들의 손에
끼워지나보다.

웨딩 촬영, 셀프로 하시게요?

행복이라는 건 말이죠.
제 생각엔 진주가 하나씩 실에 꿰이듯이
작은 기쁨을 차곡차곡 쌓아가는 그런 게 아닌가 싶어요.
—루시 모드 몽고메리, 『빨간 머리 앤』 중

화관, 보타이, 풍선 그리고 삼각대

몇 년 만에 돌아온 폭염이라고 했다. 아니나 다를까 이른 아침부터 푹푹 찌더니 가만히 서 있어도 땀이 흐른다. 이 날씨에 빳빳한 셔츠와 재킷까지 차려입었다. 오늘은 아주 특별한 날이기 때문이다. 바로 웨딩사진 찍는 날. 정확히 말하면 셀프로 데이트 스냅을 찍는 날이다. 아침부터 서둘러 올림픽공원에 온 이유였다.

여자친구는 아무래도 안 되겠다며 새벽에 문을 연 미용실을 귀신같이 찾아냈다. 그리고 머리를 하고 왔다. 어제 늦은 밤까지 일을 했는데 말이다. 일찍 일어나느라 피곤했을 텐데도 배시시 웃는 그녀를 보며 한없이 미안한 마음이 생겨 말했다.

"그냥 시원한 데 가서 빙수나 먹을까. 피곤하면 사진은 다른 날 찍어

도 되잖아."

그럼 새벽에 머리하고 온 게 뭐가 되냐며 그녀가 불같이 화를 냈다. 안 그래도 더운데 그렇게 화내면 머리며 화장이며 다 지워질 것 같다며 겨우 그녀를 진정시켰다.

"근데 오빠 진짜 괜찮겠어? 내 친구 중에 삼각대 놓고 찍다가 폭망한 애도 있었어. 푸하하."

그녀가 차에서 쇼핑백을 꺼내며 말했다. 쇼핑백 속에는 촬영에 쓸 각종 소품들이 들어 있다. 화관과 부토니에르, 나비넥타이, 그리고 바람을 불어넣으면 초대형 다이아 반지 모형이 되는 풍선도 있다.

"무슨 소리야! 내가 친구들 데이트 스냅을 얼마나 많이 찍어줬는데. 날 못 믿겠어?"

소품으로 챙겨온 작은 칠판과 분필도 쇼핑백에 넣으며 나는 자신했다. 나로 말할 것 같으면 벌써 몇 커플이나 데이트 스냅을 찍어준, 나름 쓸 만한 찍사였기 때문이다.
내가 사진을 찍어줬던 다른 친구들과 마찬가지로 우리는 스튜디오 촬영을 하지 않기로 했다. 처음부터 그렇게 정해둔 건 아니었다. 그렇지만 당연히 스튜디오 촬영을 해야 한다고도 생각하지 않았다. 정형화된 장소에서 턱시도, 드레스를 입고 뻔한 포즈로 왕자와 공주 같은 모습으로 사진 찍는 건 어쩐지 낯간지럽다는 생각이었다. 그리고 친구들의 후기들도 무시할 수 없었다. 그들은 하나같이 입을 모아 이렇게 말했다.

"너 그거 결혼하고 나서 절대 안 본다."

자신들의 경험을 비추어 보건대 결혼 후 앨범을 다시 펼친 적은 결단코 없단 말이었다. 운동을 좋아하는 친구, 술을 좋아하는 친구, 게임을 좋아하는 친구, 여자를 좋아하는 친구 등등등. 다양한 친구들이 있지만 모두가 같은 말을 했다. 그게 무슨 판도라의 상자도 아니고 다들 왜 펼쳐보지 않는 걸까. 물론 그녀의 의견도 한 몫했던 게 사실이다.

"생각해봤는데 공주놀이는 결혼식 한 번으로 족할 것 같아."

세상 쿨한 그녀는 그렇게 말했다. 덕분에 우린 스튜디오 촬영을 과감히 건너뛰기로 했다. 대신, 신혼여행을 가서 데이트 스냅을 찍기로 했다. 신혼여행도 유럽으로 가기로 했으니 오래된 도시를 배경으로 멋진 사진이 완성될 것 같았다. 그렇게 생각하니 이제까지 뭐 이렇게 고민을 했나 싶기도 하다.
그래도 어딘지 섭섭하니 한국에서도 데이트 스냅을 찍기로 했다.

셀프로 말이다. 의미 있는 곳이면 좋겠다 싶어 그런 곳을 찾기로 했다. 비록 전문 스튜디오에서처럼 포토샵으로 신부의 다리를 늘려주거나 날씬하게 만들어주지는 못하겠지만, 과정 자체도 재미있는 놀이가 될 수 있을 것 같아서였다.

우린 몇 날 며칠 인터넷을 뒤졌다. 다른 사람들의 데이트 스냅을 레퍼런스로 활용하기 위해서였다. 그렇게 건져올린 보물 같은 사진들을 보며 또 킥킥대고 웃었다. 또, 어떻게 찍어야 우리의 짧다란 기력지를 커버할 수 있을지 공부했다. 그렇게 오늘 촬영을 위해 소품과 장소와 포즈를 모두 정하다보니 자꾸 욕심이 생겼다. 오로지 삼각대만 놓고 찍기엔 뭔가 부족하다고 느끼는 이유였다.

"좋은 생각이 났어!"

좀더 다양한 아이디어를 현실화하고 싶었던 그녀는 '특별 게스트'를 생각해냈다. 우리의 콘셉트를 현실화시켜줄 수 있는 게스트.

"경진아, 그건 좀……. 다시 생각해보자. 응?"

나는 그건 좀 아니라고 생각했다. 그렇지만 나도 알고 있었다. '게스트' 또한 우리의 초대를 엄청 원하고 있다는 사실을. 거부할 수 없는 어떤 강한 힘에 이끌려, 피하고 싶은 상황 속으로 자꾸 빨려들어가고 있었다. 그렇게 썩 내키지는 않지만 떨떠름하게 '게스트'

를 모셨다. 만반의 준비를 하고 올림픽공원에 온 이유이기도 했다.
오늘같이 더운 날, 그는 왔으려나?

신랑 신부보다 더 신난 특별 게스트

다부진 체형의 한 중년 남자가 커다란 백팩을 메고 뛰어왔다. 아버지였다.

"많이 기다렸냐?"
"아버님 오셨어요? 근데 뭘 이렇게 많이 들고 오셨어요!"

여자친구가 커다란 백팩을 보고 웃겨죽겠다는 듯이 깔깔거렸다. 백팩 안에는 카메라와 대포 같은 렌즈들이 들어 있을 터였다.

"……안 더워요?"

아버지로 말할 것 같으면 벌써 10년 넘게 사진 동호회 활동을 하며 사진작가협회에도 등록된, 그의 말을 빌리자면 이른바 '프로' 사진작가였다. 물론 여기서 말하는 '프로'란 사진을 생업으로 하고 있다는 게 아니라 취미로 하지만 생업으로 하는 사람만큼 잘 찍을 수 있다는 자신감이 반영된 수식어였다. 어쨌든 그런 뜻밖의 구원투수 덕에 우리의 아이디어는 좀더 이상적으로 실현될 수 있을 터였다. 물론 이 모든 상황을 거리낌없이 즐겨준 신부의 열린 마음이 있기에 가능한 일이다.

"엥? 저건 또 누구야?"

저만치 뒤에 등장한 건 정여사님. 우리 엄마였다. 그녀는 양손에 뭔가 엄청 큰 물건을 들고 이쪽으로 오고 있었다.

"어머님, 대체 이게 뭐예요? 우하하하!"

그녀가 웃어젖혔다. 황당해하는 나와는 딴판. 정여사님은 어디서 구했는지 무려 '반사판'을 들고 나타났다. 촬영 스태프도 아니고 대체 이게 다 뭘까. 머릿속은 이미 엉망진창이었다. 조용히 찍으려던 셀프 스냅인데, 어쩌다 보니 온 가족이 출동한 가족 행사가 되었다. 게다가 오늘같이 더운 날 다 같이 온몸에 화상을 입고 의가 상하는 건 아닐까. 아침부터 정신이 없었던 이유를 이제야 알겠다.

"그럼 저쪽으로 가볼까?"

아버지는 당황한 내 마음을 아는지 모르는지 촬영감독처럼 미리 동선까지 파악해 와서 우릴 이끌었다.

"자, 일단 이것부터 가보자."

아버지는 며칠 전에 우리가 보낸 샘플 사진을 보며 말했다. 우리가 생각한 콘셉트와 잘 어울리는 사진들이었다. 그게 화근이었나. 아버지는 일생의 대작을 남기려는 사진 장인처럼 우리에게 포즈를 요구했다.

"이⋯⋯렇게요?"
"오빠 왜 이렇게 땀을 흘려. 난 재밌는데."

너무 어색해서 빨리 끝나기만을 기도해봤자 소용없다. 촬영은 이제 시작일 뿐이다. 그녀는 이 와중에도 참 밝고 긍정적이다. 앉아 쏴, 서서 쏴, 엎드려 쏴 등 온갖 포즈로 열심히 사진을 찍고 있는 아버지를 보고서도, 땡볕을 최대한 우리 얼굴로 튕겨 보내기 위해 이리저리 반사판을 옮기는 정여사님을 보고서도 그녀는 아랑곳하지 않았다. 뻔뻔스러울 정도로 재미있어하는 그녀를 보고 있자니 괜히 얄미워진다.

그녀는 준비해온 화관을 쓰기도 하고, 부케를 들기도 한다. 좀 전에 온 힘을 다해 불었던 다이아몬드 모양의 풍선도 들었다. 나는 이리저리 정신없이 끌려다니며 웃으라면 웃고, 풍선을 들라면 들고, 그녀를 들라면…… 아, 그건 잘 못 들고. 그렇게 이런저런 포즈로 사진을 찍었다.

푸른 잔디를 배경 삼아 원경에서 잡은 컷, 풍선을 활용한 코믹한 컷, 오브제를 활용한 뒷모습 컷, 노란 꽃잎이 떨어진 잔디를 밟고 있는 컷, 야심 차게 준비한 데이트 파파라치 컷, 이 컷, 요 컷, 저 컷 등등등. 그렇게 원없이 찍었다. 찍다보니 아이디어가 떠올라 더 찍었다. 보통 이렇게 즐겁게 일하다보면 몰입하게 되고. 그렇게 몰입하다가 과로사를 당하기도 한다던데. 땡볕을 돌아다니다보니 과장된 상상이 아니다 싶다.

"아버님. 쉬엄쉬엄하세요. 이 더위에 그렇게 큰 카메라 들고만 있어도 힘드실 것 같아요."

그렇게 우리는 충분히 힘이 들었지만, 해가 넘어가기 전에 꼭 찍어야 하는 컷이 있었다. 대망의 마지막 컷. 셀프 촬영의 메인 테마. 그것은 바로 '나 홀로 나무' 컷이었다.

푸른 잔디밭에 커다란 브로콜리처럼 생긴 나무 한 그루가 있는 곳. 그렇게 덩그러니 있는 나무가 얼핏 보면 동화 같은 모습이었다. 그래서 그런지 이곳은 이미 셀프웨딩사진을 찍는 이들에게 명

당인 곳이었다. 거창하게 웨딩사진을 찍지 않더라도 데이트하는 이들이 바글바글한 곳이었다. 그렇지만 우리가 이곳을 택한 이유는 따로 있었다. 한창 연애하며 데이트할 때 그녀가 한 말 때문이었다.

"우리 매년 여기 오자! 결혼사진도 찍고 매년 여기서 똑같이 사진 찍는 거야."
"오~ 재밌겠다!"

그녀의 반짝이는 제안에 솔깃했다.

"이거 사실 프러포즈한 거나 다름없는 건데. 그치?"

내가 이렇게 말하면 여자친구는 기겁을 하며 손사래를 친다. 자신을 능멸하려 든다며 버럭하게 만드는, 우리에겐 뭐 그런 즐거운 에피소드가 있는 곳이다.

"그럼 저 나무도 우리랑 같이 나이 먹어 갈 것 아냐. 그렇게 매년 찍으면 꽤 의미 있을 것 같아. 아기가 생기면 아기도 데려오고. 강아지가 생기면 강아지도 같이 오고. 내가 먼저 죽으면, 영감이 돼서도 오빠 혼자 와서 찍어. 그때 할멈 말 잘 들을걸, 혀를 끌끌 차면서 말이야. 그러다가 나무가 죽어 뿌리만 남으면 그 위에 앉아서 찍고."

"뭐야. 아낌없이 주는 나무야? 그리고 죽긴 왜 먼저 죽어. 끔찍하다!"

"그래도 멋진 계획이지?"

"응. 야심 차다!"

나는 그녀의 아이디어가 제법 멋지다고 생각했고 그렇게 떨리는 마음으로 우리에겐 의미 있는 '나 홀로 나무'로 향했다. 잠시 후 벌어질 일은 상상도 못한 채 말이다.

매년 이 나무를 보러 오는 거야

"엥? 저게 뭐야? 언제부터 저랬지?"

'나 홀로 나무' 사방을 기둥이 둘러싸고 있었다. 그렇게 나무를 떠받치고 있었다. 마치 문어가 여섯 개의 목발을 짚고 있는 모습 같았달까. 분명 예전에 같이 왔을 때는 저런 받침이 없었던 것 같은데, 나무에 이상이 생겼는지 철골 구조물이 썩 예쁘게 보이지는 않는다.

"그래도 우리 웨딩사진인데……."
"아냐. 이것도 추억이야."

무한긍정의 여자친구는 추억제조기 같은 말을 꺼내며 자리를 살폈다. 볕이 잘 들어 예쁘게 반짝이는 그런 곳을 찾았다.

올림픽공원의 잔디가 여름볕을 원없이 받고 있었다. 푸르다못해 형광빛으로 반짝였다. 날은 좀 덥지만 그래도 배경 하나는 잘 골랐다 싶다. 주변엔 다른 커플들도 보였다. 명당은 은근 자리싸움이 치열하다. 그래도 부케를 들고 엉덩이를 들이밀면 그 순간에는 다들 프레임 밖으로 물러나준다. 이곳에서 사진 찍는 이들의 암묵적 룰이랄까. 우리도 얼른 몇 컷을 찍고 자리를 피해주었다. 그렇게 나무와 몇 장을 찍었을까.
이제 확인할 차례다. 볕을 손으로 가리고 온 가족이 작은 액정 화면 앞으로 머리를 맞댔다. 대포 같은 카메라를 든 아버지, 반사판을 든 어머니, 화관을 쓴 그녀, 셔츠에 재킷을 입은 나까지 머리를 모았다. 그렇게 찍은 사진들을 봤다. 작은 액정 속에서 개미 같은 커플이 세상 걱정 없이 웃고 있다. 유쾌하고 즐거운 모습이 절묘하게 렌즈에 담겼다. 결혼 준비를 하며 우여곡절도 많았는데 이렇게 웃는 모습을 보니, 그동안 걱정했던 것들이 아무것도 아닌 것처럼 느껴진다. 그리고 어쩐지 앞으로도 모두 다 잘될 것 같다는 대책 없는 긍정 기운마저 느껴진다. 오늘 하루종일 더위 속에서 고군분투했던 게 이 사진 한 장 건지려고 그랬나보다.

"사진도 사진이지만 진짜 기억에 오랫동안 남을 것 같아."

"뭐가?"

"이렇게 준비해서 찍은 오늘이 말야."

그녀의 말마따나 사진 밖, 찍히지 않은 풍경은 사진을 볼 때마다 떠오를 것 같다. 그녀가 새벽부터 머리를 하고 온 것, 초대형 다이아몬드 모양의 풍선을 어지러울 때까지 죽어라 분 것, 공장 굴뚝만한 카메라 렌즈를 들고 아버지가 나타난 것, 한 톨의 빛이라도 우리 얼굴에 더 쏴주려고 어머니가 반사판을 이리저리 돌리던 것 등등. 사진과 함께 추억을 잔뜩 쟁여놨으니 생각날 때마다 꺼내볼 수 있을 것 같아 든든하다.

결혼 전, 스튜디오 촬영. 업체에 맡기면 편하고 고생도 덜했겠지만 준비하며 누리는 재미는 더 약해지는 것 아닐까. 셀프 사진만 모아 웨딩앨범을 만드는 둘만의 프로젝트를 해보는 것도 새로운 재미일 수 있겠다는 생각이 든다. 세상의 모든 것이 그렇듯 어렵게 얻은 것이 더 소중하게 느껴지는 법이니 말이다.

STEP 16

쇼핑 만렙에 도전하다

'선택의 패러독스'라는 현상이 있습니다.
선택지가 많을수록 우리는 더 나은 의사결정을 할 것 같지만,
실제로는 오히려 만족스러운 결정을 방해한다는 현상이지요.
— 정재승, 『열두 발자국』 중

또다른 단계로 진입했음을 느낀다

"오빠 뭐해! 빨리 와서 이것 좀 봐봐. 진짜 예쁘지?"

그녀와 용산에 있는 가구전시장을 돌고 있다. 해맑은 미소로 무려 5백만 원짜리 소파의 탱탱한 가죽을 쓰다듬는 그녀를 보며 생각했다. 드디어 내가 침 흘리며 기다려온 단계에 진입했구나. 바로 가구와 가전제품을 돌아보며 선택을 하는 단계.

결혼 날짜를 정하고 예식장을 잡고 부모님을 만나며 살 집을 찾아다닐 때부터 얼마나 고대했는지 모른다. TV나 탁자 같은 걸 구경하며 마음껏 쇼핑하는 날이 어서 빨리 오기를. 물론 여기서 '마음껏'이라는 말은 한정된 예산 안에서 '마음껏' 선택과 집중을 한다는 뜻이다.

가만 생각해보니 그것도 아니다. 마음껏 '선택과 집중'을 하는 게
아니라 기본적으로 있는 힘껏 절약은 필수. 그리고 그다음에 정말
이지 가성비와 가심비가 끝장나게 좋은 것만 가까스로 고르는 선
택을 한다. 그래도 결혼 준비 과정중, 비교적 이렇게 가벼운 선택
을 하는 홀가분한 단계까지 왔다는 건 기분좋은 일이다.
내가 보기엔 결혼 준비에는 분명한 단계가 있다.

1단계 서로의 의사를 타진하며 결혼 준비를 본격적으로
시작하는 '의기투합' 단계.
2단계 부모님께 인사를 드리고 양가 어른들이 상견례를
하는 결혼 '공식화' 단계.
3단계 예식장 예약 및 거주지 마련 등 굵직하고 큰돈이
들어가는 '거대한 의사결정' 단계.
4단계 가전 가구들을 쇼핑하는 비교적 잔잔한 '작은 의
사결정' 단계.

앞 단계를 클리어하지 못하면 다음 단계로 넘어가기 쉽지 않은
게 사실이다. 집을 구하기 전에 냉장고부터 살 수는 없으니. 그치

만 그렇다고 해서 꼭 앞 단계를 마쳐야만 다음 단계로 나아갈 수 있는 건 아니다. 정형화된 결혼으로부터 탈피할 수 있는 방법은 많을 것이다.

마음이 동하면 3단계를 했다가 1단계를 진행해볼 수 있다. 앞장에서 밝혔듯 나 또한 예식장을 예약하고 부모님께 인사를 드렸다. 내 친구 K는 예식장 예약을 한 후 프러포즈할 때 여자친구에게 말했으니 3단계에서 1단계로 간 거다.

"오빠 무슨 생각을 그렇게 해. 여기 얼른 앉아봐."

저만치서 그녀가 나를 부른다. 침대 코너다. 헤헤 웃으며 장난기 가득한 얼굴이다. 여자친구를 따라 푹신한 침대에 앉으니 사장님은 누워보길 권한다. 뭐 이런 섹시한 제안이 다 있나. 사방팔방이 개방된 가구전시장에서 다 큰 남녀에게 누워보라니. '어른'이 되었음을 실감한다.

"그럼 어디 한번 누워볼까. 에헴."

푹신한 침대에 몸을 맡기니 문득 오래전에 봤던 영화 〈500일의 썸머〉가 떠오른다. 영화에선 좀 찌질하면서도 여자의 마음을 잘 모르는, 그렇지만 본인은 아주 잘 알고 있다고 자부하는! 남자 주인공 톰(조셉 고든 레빗)이 나온다. 이름같이 뭔가 좀 얼빵한 우리의 친구 톰은 여자 주인공 썸머에게 홀딱 반한다. 둘은 그렇게 썸과 사랑 사이를 오간다. 입을 헤 벌리고 좋아했던 것도 잠깐, 결국 톰은 대차게 차이고 만다. '대체 왜?!' 당황한 톰은 그녀와의 썸을 추억하는데, 그중 대표적인 장면이 바로 이케아 데이트 장면이다. 두 사람이 침대에 점프해 풀썩 누워버리는 바로 그 장면. 그 둘의 모습을 보고 있노라면 영락없이 사랑에 빠진 귀여운 연인의 모습이다.

"오빠도 톰처럼 대차게 차일 수도 있는 거지."

여자친구는 단호하게 말한다.

"지금 누워보신 침대가, 스프링을 캐나다에서 만든 건데요, 여기 보시면……"

침대 하나에 그런 오묘한 세계가 담겨 있는 줄은 또 몰랐다. 태어나서 침대에 관해 한 톨의 관심이라도 가져본 적 있었던가. 브랜드마다 그렇게 자기만의 기술이 차곡차곡 쌓여 있는지도 몰랐다. 스프링만 하더라도 다 같은 스프링이 아니다. 철로 만들어졌느냐 티타늄으로 만들어졌느냐에 따라서, 포켓방식이냐 아니냐에 따라서 종류는 천차만별. 물론 스프링이 전혀 없는 스펀지 같은 매트리스도 유명하다.

설명을 들으며 '우아 우아' 감탄을 이어가다보면 시간 가는 줄 모르겠다는 말이 딱 맞다. 그렇게 온라인 가격 비교 사이트 '다나와'에서 스펙을 비교하며 PC를 조립하는 게임 덕후처럼. 효용의 극대화를 위해 꼼꼼하게 비교하겠다고 맘먹었다. 혼수 쇼핑계의 타짜가 되리라 다짐하며 말이다.

진리는 단순한 것

안타깝게도 쇼핑계의 타짜가 되겠다는 결심이 심드렁해지는 데는 그리 오랜 시간이 걸리지 않았다. 별생각 없이 찾아간 판매점에서도 점원의 말을 듣다보면 오히려 더 혼란스러워지는 일이 비일비재했다. 이를테면 TV를 사려고 가전매장에 갔을 때의 이야기는 이렇다.

"심플하게, 텍스트들이 어떻게 보이는지만 비교해보시면 되는 거죠."

영업사원이 매장 안 수십 대의 TV에 같은 화면을 띄운다. 화면 속 내용은 현란하게 움직이는데 그 와중에 텍스트가 지나간다. 현란한 화면 속에서 텍스트가 뭉개지지 않는 제품이 진짜 좋은 제품이라는 그의 설명이다. 그의 말마따나 제품마다 미세한 차이가 있는 듯하다.

"근데, 우리 이렇게 바르게 지나가는 화면에서 글자를 읽을 일이 있긴 하겠지?"

매직아이를 보듯 TV를 보다가 이게 뭐하는 짓인가 싶었다.
그런데 그게 다가 아니다. 어떤 곳에서는 이 정도 TV 사이즈에서 UHD급 화질은 결코 필요 없는 오버 스펙이라 하고, 다른 곳에서는 UHD TV를 안 사면 몇 년 후에 분명히 또 새 TV를 살 거라며 공포에 떨게 했다. 크기가 중요하다는 이, 명암비가 중요하다는 이, 색재현이 중요하다는 이, 제조 국가가 중요하다는 이 등등등 어찌 그리 다양한 주장이 넘쳐나는지. 나는 지금 TV의 춘추전국 시대에 살고 있는 게 분명하다.

수많은 선택지 앞에 무자비하게 던져진 소비자는 참 외롭다. TV 해상도부터, 가구 원목의 등급까지 꼼꼼히 따지고 있다보면 빠져나올 수 없는 덫에 걸린 느낌이 들기도 한다. 인간은 기본적으로 자유도가 높은 상태에서 행복을 느낀다. 그런데 자유가 무한정으로 많아지면 꼭 그렇지도 않은 것 같다.

예전에 한 책에서 본 재미있는 실험이 생각난다. 마트에서 과일잼

판매 부스를 만들어서 판매를 하는데, 한 번은 여섯 가지 종류만 전시를 하고 다른 한 번은 스물네 가지 종류를 전시했다고 한다. 6종과 24종의 과일잼에 노출된 고객은 어떤 반응을 보였을까. 놀랍게도 6종에 노출된 고객의 구매가 높았으며 만족도도 훨씬 높았다고 한다. 우리는 더 넓은 선택의 폭을 찾아 여러 수고를 기꺼이 무릅쓰면서 쇼핑을 한다. 하지만 실상을 보면, 우린 심플한 걸 좋아하는 사람들이다. 너무 많은 선택지 앞에서는 오히려 만족도가 낮아지고 구매확률도 떨어진다. 인간의 이중적인 본성을 잘 보여주는, 웃기면서도 아이러니한 실험이다.

다행히도 갈수록 심드렁해지던 쇼핑은 물건을 하나하나 직접 구매해가며 간신히 중심을 잡았던 것 같다. 한 개씩 한 개씩 고르면서 노하우도 쌓게 됐고 말이다. 그 노하우라는 게 결과적으로 보면 단순한 것이다. 이를테면 결국 가장 많이 팔린 제품을 선택하는 게 실패 확률이 가장 낮다는 것, 분명한 소신이 있는 제품은 과감하게 질러도 된다는 것, 뭐 이 정도. 이런 단순한 소비 원리를 체득하게 됐다는 게 소득이라면 소득이다. 진리는 단순한 것이라고 하던데, 이렇게 단순한 진리를 얻기 위해 그간 시행착오를 겪고 고민의 시간을 쏟아부었나보다.

사연 품은 물건들

그렇게 폭풍 쇼핑을 하며 어렵사리 구한 전셋집을 하나씩 채워갔다. 내가 먼저 들어가 살고 있던 신혼집이었다. 어떤 날엔 서랍장이 들어오고 또 어떤 날엔 침대가 들어왔다. 다른 날엔 TV가 들어오고 또다른 날엔 사다리차를 타고 냉장고가 들어왔다. 그렇게 신혼집에는 물건들이 하나씩 채워졌다. 그걸 보는 게 그렇게 신기할 수가 없었다. 그리고 좀 이상한 기분이 들었다. 그것들로부터 끈끈한 동지애 같은 게 느껴진달까.

폭풍 쇼핑을 계획하며 처음엔 신이 났다. 그리고 나중엔 혼란스러웠다. 결국 선택의 연속 속에 내가 산 물건들을 찬찬히 보니 하나하나 사연이 있다는 걸 새삼 알게 됐다.

파주까지 가서 겨우 사 온 서랍장, 품절된 걸 여기저기 수소문해서 사 온 책장, 별로 사고 싶은 생각 없었는데 쿠폰이 있어서 곁가지로 산 탁자, 그리고 오밤중에 급하게 편의점에 뛰어가 사 온 잡동사니들.

부모님 댁에 얹혀살 땐, 가구며 가전제품은 그냥 원래 있는 것이었다. 저기 저 산과 강이 존재하고 있었던 것처럼 말이다. 어쩌면 당연하다. 내 취향도 아니었고 부모님의 구매결정에 관여한 적도 많지 않다. 그런데 지금 집 안을 둘러보면 전혀 다른 풍경이다. 어떤 건 의외로 진짜 유용하게 쓰고 어떤 건 그렇게 고생해서 산 건데 전혀 안 써서 처박아두기도 한다.
하지만 어떤 물건을 봐도 사연 없는 물건은 없다. 언젠가 시간이 지나고 고장이 나면 꼴도 보기 싫어질 때가 오겠지만 그래도 지금은 연을 맺고 있는 느낌이다. 가족이 된 기분이랄까. 가구와 소품에 애정을 느끼는 변태적인 남자가 된 것 같지만 그래도 크고 작은 물건들을 쓰다듬으며 생각했다. 내가 고민하고 내가 선택해서 산 물건들은 뭔가 다르다.

예전에 어느 자동차 회사에서, 고객의 십수 년 넘게 탔던 자동차 시트를 뜯어 소파로 만들어준 영상을 본 적이 있다. 솔직히 나는 좀 괴기스럽다고 생각했는데 정작 당사자는 감동에 찬 모습이었다. 그 차를 타고 회사를 가고 소풍을 가고 아픈 아이를 데리고 병원을 가고 마트를 가고 부모님 댁에 갔다고 했다. 그 말을 하며 영상 속 주인공의 눈가는 촉촉해졌다. 그 정도쯤 되면 물건은 단순히 사물이 아니다. 세월을 함께한 동반자 같은 존재다.

"오빠 그렇게 말하니까 꼭 영화 〈그녀Her〉에 등장하는 남자 주인공 같다. AI랑 사랑에 빠지는 남자 말이야. 가구랑 사랑에 빠지는 건 좋은데 나한테 먼저 좀 말해줘. 나도 도망갈 시간이 필요하니까. 크크크."

그런 영화가 있었다. 자신에게 말을 거는 AI와 사랑에 빠지는 이야기를 다룬 영화. 인간이 채울 수 없는 부분을 AI가 채워줘서일까. 약간 괴기스럽기도 하지만, 진정한 사랑의 의미는 무엇일지 생각하게 만드는 영화였다.

"아이고 걱정 마세요. 나는 AI랑 사랑에 빠지기엔 여자를 너무 좋아하니까."

심리학에서 말하는 소위 '라포'라는 개념이 있다. 공감과 유대감을 형성하고 난 후에 더 깊은 커뮤니케이션을 할 수 있다는 개념이다. 어떻게 보면 AI뿐만 아니라, 사물과도 오랜 시간 함께하면 '라포'라는 게 생기는지 모르겠다. 아니, 직접 고민 고민하며 어렵게 골라 선택한 물건이라면, 그렇게 나와 연을 맺고 있는 것이라면, 거창하게 라포까지는 아니더라도 애착은 생기는 것 아닐까.
생각이 거기까지 미치자 신혼집을 채우고 있는 것들이 예사로워
보이지 않는다. 하나하나 나와 얽힌 이야기를 가지고 있으니 말이
다. 자취는 처음이라 이런 감동이 얼마나 더 있는지는 모르겠다.
아니면 결혼이 처음이라 그런 건지도.

나는 재물로부터 자유로울 수 있는 사람이고 싶었는데. 이렇게 재
물에게 가족애를 느끼고 있으니 큰일이다. 결혼을 한다는 건, 가
족을 이룬다는 건 이렇게 하나둘 이야기를 쌓는 것 아닐까. 집안
곳곳의 물건들을 보여 피식거리게 된다.

사랑을 현실로 만드는 마법, 프러포즈

처음에 '너'를 알고 싶어 시작되지만 결국 '나'를 알게 되는 것,

어쩌면 그게 사랑인지도 모른다.

— 이기주, 『언어의 온도』 중

프러포즈, 정말 해야 하는 걸까?

'프러포즈'를 하지 않고 결혼 준비를 한다는 건 참으로 찜찜한 일이다. 해결하지 못한 숙제 같은 걸 가슴 한편에 매달고 하루하루를 마주하는 기분이랄까. 응당 해야 할 것으로 '너'도 생각하고, '나'도 생각하고, 우리 모두가 생각하고 있는데. 속절없이 시간만 지나고 있다. 내가 괴로움에 시달렸던 이유다. 이제 결혼도 코앞인데 결국엔 프러포즈도 하지 않고 결혼식을 올린 비운의 커플이되는 악몽을 꾼다. 혹시라도 누군가 그녀에게 '프러포즈는 어떻게 받았어?'라고 묻는다면, 조용히 다가가 발이라도 밟아줘야 하나. 친구들을 붙잡고 이렇게 하소연을 한 적도 있었다.

"이해가 안 되는 게, 이미 결혼하기로 한 거잖아. 그래서 같이 결혼

준비를 하는 거잖아. 근데, 내가 또 프러포즈를 해야 돼? 프러포즈의 정의가 결혼을 하자는 제안 같은 거잖아. 근데 그런 제안은 이미 했는데? 했으니까 같이 결혼 준비를 하는 거고."

"니 말이 맞긴 한데 말이다, 니가 왜 연애를 못하는지 알겠다."

내 말을 듣던 J가 미간을 찌푸리며 담배 연기를 내뿜는다. 담배 연기 속에서 도사처럼 그가 말을 이었다.

"사실 프러포즈는 소소한 이벤트 같은 거야. 암묵적인 약속 같은 거랄까. 사랑이란 게 왜 아름답냐? 뭐 그런 잔잔한 감동들이 이어지니까. 마구 이어지니까 아름다운 거지. 니가 이런 걸 알기나 하겠냐?"

"뭐? 그래서?!"

"그래서는 무슨. 니가 싫으면 할 수 없는 거고."

사실 나도 모르는 게 아닌데. 뭔가 쌈박하면서도 폭풍 감동의 이벤트를 하긴 해야 할 것 같은데 도저히 그놈의 아이디어가 안 떠오른다. 부담감이 은근하게 머리를 짓눌렀다. 누가 채점하는 것도 아닌데 그냥 평범하게는 하기 싫다는 마음이 고개를 든다. 뒤통수를 후려쳐서 다시는 그런 생각이 고개 들지 못하게 했어야 했는데, 걱정만 하고 아무 행동도 하고 있지 않으니 참으로 못났다.

"야, 그래도 얼마나 다행이냐. 인터넷이 있어서."

J가 말했다. 아이디어의 빈곤은 노력으로 메울 수 있는 것이었다. 창의적이지 못함을 성실함으로 극복해보려고 틈날 때마다 웹사이트를 뒤졌던 것 같다. 그렇게 밤늦은 시각까지 얼굴에 모니터 불빛을 반사시키며 남들은 어떻게 했나 열심히도 뒤졌다.

"아오, 말도 마라. 나도 그거 엄청 고민했어. 결국 펜션에서 촛불 100개에 불 붙였잖아. 그러다가 홀라당 다 태워먹을 뻔했다니까. 옷에 불 붙어서. 크크크."

또다른 친구 L의 경험담이었다.

"펜션에 그렇게 불이 많이 난다던데. 다 너 같은 놈들의 짓이구나?"
"원래 펜션에 불이 자주 났어? 몰랐네. 으하하."

촛불 100개를 준비한 것도 대단한데, 거기에 하나하나 불을 붙여 촛불과 장미로 레드카펫을 만들다니. 그의 노력은 듣기만 해도 감동적이라 하마터면 네가 와서 준비 좀 해달라고 할 뻔했다. 다들 이렇게 열심이었다니, 내가 더 분발해야 하는 이유가 여기 있었다. 놀라운 건, 며칠 후 걸려온 전화였다.

"여보세요? 네~ 프러포즈 준비하고 계시죠?"

"네……?"

"아~ 저희 그때 잠깐 만났었잖아요."

이게 대체 무슨 말일까. 보이스 피싱인가. 수화기 너머의 그녀는 나를 보고 아는 체를 해왔다.

"막 결혼 준비 시작하셨을 때, 저랑 얘기도 나누셨는데. 식장 예약이랑 스드메는 이미 하셨나봐요. 프러포즈 준비하시려는 거 보니까요."

수화기 너머로 순식간에 너무 많은 정보가 나와, 당황했다. 내가 프러포즈를 준비하는 건 어떻게 알고 있으며 나를 예전에 만났다고 하는 이 사람은 대체 누굴까. 통화를 좀더 이어가다보니 퍼즐 조각이 맞춰지는 듯했다.

목소리의 주인공은 바로 웨딩 플래너였다. 상담은 받았지만 계약은 하지 않았던 그녀. 신기한 건 그녀가 요즘 내 고민을 아주 잘 알고 있다는 것이었다. 아마도 며칠 전부터 온라인에 검색하며 남겼던 나의 정보가 흘러간 듯했다. 머릿속을 들킨 것 같아 당황스럽기도 하고 부끄럽기도 하다. 그리고 뭐 이렇게 완벽하고 심리스한 CRM 시스템이 다 있나 싶다. 한편으론 내가 이 사람들 손바닥 위를 벗어날 순 있긴 한 건가 살짝 등골이 오싹하기도 하고 말이다.

내가 스스로 할 수 있는 건 셀프로 해보겠다며 박박 우겨댄 게 무안해진다. 완벽한 그물망처럼 연결된 결혼 준비 업체들은 나를 비웃기라도 하듯 내게 접촉해오고 있었다.

시간은 언제나 내 편이 아니다

"안 되겠다!"

아이디어도 아이디어지만 더이상 시간을 끌다간 정말 프러포즈를 못할 것 같아 내 방식대로 풀어가보기로 했다. 바로 용병술. 한마디로 여자친구의 주변 사람들을 인터뷰할 계획이었다. 영상으로 한 땀 한 땀 그들의 진심이 담긴 모습과 목소리를 담아낼 생각이었다.

"아, 저, 여보세요? 저는…… 그러니까 지난번에 여의도에서 봤었죠? 경진이 남자친구. 네네. 맞아요. 기억하시죠? 하하……."

그렇게 그녀의 친구들에게 연락을 했다. 그리고 심봉사가 동냥을 하러 다니듯 한 올 한 올 인터뷰를 모았다. 친구들 중에서도 깨소금 볶기로 유명한 최근 결혼한 커플들에게까지 연락했다. 다행인 건 친구들은 이 닭살 돋는 이벤트에 흔쾌히 참여해줬다는 것.

"당연히 축하해줘야죠. 경진이 시집 '안' 가는 줄 알았는데 늘그막에 호강하네요."

부부가 동반으로 출연한 친구들도 있으니 금상첨화였다. 처음엔 부끄러워하더니 나중에 자기들이 아이디어를 내서 의미 있는 곳에서 영상을 찍어주기까지 했다. 나로선 고마울 따름이었다.
그렇지만 그게 다가 아니다. 친구들뿐만 아니라 나의 부모님, 그리고 여자친구의 부모님과 할머니의 인터뷰 영상까지 모았다. 카메라를 보고 얘기하는 게 어색한 어르신들의 이야기까지 엮으니 그래도 완성도가 높아졌다. 그녀가 폭풍 감동할 것을 상상하며 뚝딱뚝딱 영상을 자르고 붙이고 한 편을 완성해갔다. 이제 이걸 같이 볼 장소만 찾으면 된다.

"그런 거였으면 진작 나한테 얘기했어야지."

유난히 맛집에 집착하는 지노였다. 내가 보기엔 그는 그냥 양 많이 주는 곳을 제일 좋아하는 것 같은데, 스스로 섬세한 미각의 소유자라고 자부했다. 그래도 나름 이름만 들으면 알법한 요식업계의 스타트업으로 적지 않은 성공을 했으니 그의 자부심은 일단 인정하기로 한다. 그는 잘 아는 셰프님이 있다며 강남의 한 퓨전 한식 레스토랑을 소개했다. 듣다보니 그녀와 처음 만나, 한창 데이트를 했던 곳과도 멀지 않다. 나름 우리의 추억이 있는 길들을 가로질러가는 곳이라면 그것도 의미 있지 않을까.

"프러포즈 준비는 다 했어?"
"당연하지."
"반지는?"
"아……"

결혼반지를 맞추면서 사장님한테 엄청 세일즈를 당했는데. 잠시 잊고 있었다. 안 그래도 그녀는 요즘 맛있는 걸 먹을 때마다 "혹시 여기에 반지 넣어놓은 거 아니지?"라며 잘 안 씹고 삼킬지도 모른다고 농담을 했는데! 그녀의 낄낄거림이 그냥 농담이 아니었다면 난 어떻게 되는 걸까. 그러니까, 강한 암시 같은 거였다면. 눈치 없는 남자친구를 패주기 위한 그녀만의 이벤트가 준비되고 있는 건 아니겠지. 생각이 거기까지 미치자 마음이 급해졌다.

"무슨 소리를 하고 있는 거야, 지금!"

당황하고 있는 나를 지노가 무섭게 다그친다. 내가 중요한 걸 깜빡 놓치고 있었나보다. 안 그래도 시간이 없는데. 지노에게 고맙다는 인사도 제대로 못하고 급하게 헤어졌다. 결혼반지를 맞춘 곳에서 여자친구의 손가락 사이즈와 취향을 알고 있는 게 그나마 다행이었다.

그렇게 만사를 제쳐두고 주얼리숍으로 향했다. 사장님은 오랜만에 보는 나에게 올 줄 알았다는 듯 미소를 지었다. 그깟 반지 안 해도 그만이지만, 그래도 그녀가 이걸로 행복할 수 있다면 까짓거 안 할 이유도 없다. 그렇게 생각하며 사장님께 인사를 건넸다.

"음…… 그때 본 게 뭐였죠?"

그리고 마침내 프러포즈 날. 영상작업도 모두 마무리되었고 반지도 준비됐다. 식사 장소 예약도 끝. 이제 그 공간을 핑크색 풍선으로 가득 채우면 되려나. 아니다. 너무 유치하고 극성스럽지 않게 해야지. 심플하고 담백하게, 진심으로 승부해야겠다. 그렇게 생각하고 그녀를 데리러 가는데 너무 밋밋하게 준비했나 걱정이 든다. 이따 셰프님한테 요리 위에 케첩으로 하트라도 그려달라고 해야 하나. 초조한 마음에 별 상상을 다 한다.

어쨌든 그녀에게는 오늘 어려운 선배한테 인사를 해야 된다고 미리 말해뒀다. 깜짝 이벤트를 위해 뭔가 그럴싸하게 꾸며낸 거짓말이었는데 자연스러웠는지 모르겠다.

"갑자기 무슨 선배?"

그녀는 정말 의아하게 생각하는지 아니면 그냥 속아주는지 예쁘게 차려입고 차에 올랐다.
레스토랑에서는 우리가 과하게 차려입고 가서 그런지 한눈에 아는 체를 하며 환하게 맞아주었다. 어둑어둑하면서도 모던한 인테리어가 돋보이는 감각적인 곳이었다. 미리 예약한 방에 음식이 차례로 나왔다. 그리고 얼마나 기다렸을까. 마침내 준비한 영상이 플레이됐다. 그녀는 친구의 모습이 영상에 나오는 것을 보고 당황하기도 하며 신기해하기도 했다.

"오~ 어떻게 찍었어? 만났어? 크크크."

조용히 하고 일단 보라고 그녀의 입을 막았다. 그렇게 친구들이 하나둘 지나간 후, 우리 부모님이 나오고, 그녀의 부모님과 할머니가 차례로 나왔다.

"경진아, 엄마야. 우리 딸…… 벌써 시집갈 때가 다 됐나보네. 너 어렸을 때 기억나?"

신기해하며 연신 웃던 그녀도 부모님이 나오자 울컥하는 게 보인다. 원래 모든 딸들에게 엄마는 평생 친구이면서 언니이면서 엄마

이면서 또 벗어나고픈 애증의 사이라고 하던데. 이제 그런 엄마와 떨어진다는 생각이 그녀의 마음을 복잡하게 했는지 모르겠다. 아니면 그녀의 엄마가 꺼냈던 옛날이야기가 그녀를 한순간에 과거 어느 시간으로 데려갔는지도. 레스토랑의 어두운 조명과 잔잔한 음악이 그간 결혼 준비를 하며 팽팽하게 이어온 긴장감을 스르르 녹게 만들었다.

우린 흐뭇하게 식사를 이어갔다. 결혼 준비를 하며 이렇게 노곤한 마음으로 천천히 식사를 해본 게 언제였나. 실은 우리 둘이 행복하려고 결혼 준비를 하는 건데. 이렇게 있으니 무엇 때문에 그리 쫓기듯 살았나 싶다. 맛있는 음식과 조용한 음악, 박제해두고 싶을 만큼 충만한 시간이었다. 분위기가 무르익었으니 이제 진짜가 나와야 할 때다.
바로 그 문제의 프러포즈 반지! 안쪽 주머니에 예쁘게 보관하고 있었는데 이제 빛을 발할 때다. 안주머니에 손을 넣고 반지 상자를 꺼내서! 짠~!

"푸하하하. 오빠 지금 뭐해. 장난해? 크크크."

뭐지? 내가 생각한 반응은 이게 아닌데. 뭔가 이상하다 했는데, 반지 상자를 보고 알았다. 상자의 뚜껑을 열어서 그녀에게 내밀었는데, 반지가 뚜껑에 거꾸로 매달려 있다. 박쥐처럼.

"이게 왜 이러지?"

왜 이러긴. 알고 봤더니 반지 상자는 원래 그렇단다. 일반적인 상자는 뚜껑이 작고 몸체 부분이 더 큰데, 반지 상자는 반대라는 말이다. 뚜껑이 더 큰 면적을 차지하고 있다. 그래서 작은 부분을 뚜껑으로 열게 되면 반지가 상자 천장에 거꾸로 매달려 있게 되는 것이다. 땅바닥으로 떨어져나가지 않은 게 다행이다. 그랬다면 슈트를 차려입고 식당 바닥을 기어다니면서 찾아야 했을 테니 말이다. 그녀가 빵 터진 게 무리도 아니었다.

"아, 이게 원래 이런가……"

엄청 당황하는 내 모습에 그녀는 한 번 터진 웃음을 멈추지 못한다. 민망하지만 그녀가 너무 웃어서 나도 따라 웃어버렸다. 그렇게 누구보다 더 많이 웃을 수 있는 프러포즈가 돼버렸다. 원래 남들은 펑펑 울기도 하면서 폭풍 감동 속에 평생을 약속한다던데 우리는 눈물이 나올 때까지 웃어 젖혔다.

"이 정도면 성공……인 거지?"

한참을 그렇게 웃은 뒤에 내 프러포즈 대작전에 대해서 마침내 그녀와 얘기했다. 준비하는 내내 그녀에게 어떤 것도 말할 수 없어서 답답했는데, 그래서 대나무 숲에라도 뛰어갈 뻔했는데, 잘됐다. 주얼리숍 사장님의 업셀링 세일즈 토크와 지노를 만나 레스토랑을 잡은 얘기, 몇 달 전 만난 웨딩 플래너에게 프러포즈 제안 전화가 온 얘기 등. 그녀는 나의 이야기마다 놀라기도 하고 웃기도 하면서 내 말에 맞장구를 쳐줬다. 이만하면 성공한 프러포즈라고 스스로 생각하며 레스토랑을 나왔다.

그녀와 한창 데이트했던 길을 다시 걸었다. 주말을 마무리하는 일요일 밤, 골목길엔 사람이 많지 않았다. 혹시나 물어본 바에 따르면 그녀는 오늘 프러포즈를 받을지 몰랐다고 했다. 오늘 이벤트는 전반적으로 감동적이었지만 보완해야 할 부분이 많으니 천천히 고쳐나가자며 다시 한번 낄낄거렸다.

아쉽게도 그녀가 펑펑 울지는 않았지만 이렇게 함께하는 시간이 쌓이며 우리는 점점 가족이 되기 위한 관문을 지나고 있었다.

STEP 18

청첩장, 주는 게 예의일까 안 주는 게 예의일까?

"인간의 고민은 죄다 인간관계에서 비롯된 고민이다."
이는 아들러 심리학의 근저에 흐르는 개념일세.
만약 이 세계에 인간관계가 사라진다면
그야말로 우주 공간에는 단 한 사람만 존재하고,
다른 사람이 사라진다면 온갖 고민도 사라질 걸세.
— 기시미 이치로·고가 후미타케, 『미움받을 용기』 중

학교에선 가르쳐주지 않는 '관계'

청첩장을 만드는 데만 너무 공을 쏟았나보다. 어떻게 하면 좀더 색다르게, 어떻게 하면 좀더 의미 있게, 어떻게 하면 좀더 우리답게 만들 수 있을지, 그러면서도 최소한의 격식을 차릴 수 있을지 그런 것들만 생각하다 정작 이걸 어떻게 돌릴지는 생각하지 못했다. 박스에 예쁘게 포장돼 차곡차곡 쌓여 있는 수백 장의 청첩장을 보고 있자니 눈앞이 깜깜해진다. 이걸 대체 언제 다 돌리지?

여자친구와 나, 그리고 각자의 부모님들 분량을 차곡차곡 나눴다. 그렇게 내 몫으로 할당된 뭉치를 들고 회사로 갔다.

'누구부터 드려야 하나. 일단은 팀장님? 그리고 상무님? 또……'

청첩장을 돌린다는 건, 웃어른께 드리는 '인사'라는 전제가 깔려 있던 모양이다. 누구에게 먼저 드릴지 고민한다는 게 결재 라인을 따라 줄줄이 떠오르는 인물들이었으니 말이다. 그런데 어느 선부 터는 심리적 거리감이 '훅' 느껴지는 사람들이 있다. 이것 참, 드리 자니 부담스럽고 안 드리자니 예의를 갖추지 않는 것 같아 고민이 된다. 그렇다면 전 상무님은? 그전 팀장님은? 그전전 팀장님은? 어 느덧 직장생활도 8년차에 접어들다보니 생각이 여기까지 미친다.

문제는 이런 '관계'라는 게, 지금처럼 결재 라인을 따라 '종'으로만 존재하지 않는다는 점이다. 관계는 '횡'으로도 펼쳐진다. 동기와 가 까운 선후배 관계가 그것이다. 그리고 '종'의 관계와 '횡'의 관계가 뒤섞여 넓은 면으로 펼쳐진다. 회사 사람 이외의 관계들도 있으니 이렇게 면으로 이루어진 관계는 여러 장 겹쳐진다. 그렇게 면들이 겹쳐지며 3차원 공간이 된다. 그 안에서 무수히 찍혀 있는 좌표 같은 관계들에게 나는 뭐라 말하며 청첩장을 줘야 하나.
주는 게 예의일까 안 주는 게 예의일까.

"야, 좀 애매할 땐 그냥 다 주는 게 맞아. 그래서 청첩장을 받은 사 람이 갈지 말지를 결정하면 되지. 말하자면 선택권을 주는 거야. 그 게 예의인 거지. 입장 바꿔서 생각해봐. 사무실에서 오며 가며 뻔히 얼굴 아는 사이인데 너만 빼고 청첩장을 돌렸다고 가정해보란 말이 지. 기분이 어떻겠어? 그렇다고 그거 나도 하나 달라고 얘기할 수도 없잖아. 안 그래?"

회사 선배 B는 그렇게 말했다. 그러면서 내 손을 잡고 예전 본부
장님 방까지 끌고 들어갔다. 현재 나의 본부장님이 아닌, 전혀 다
른 본부의 본부장님인 바로 그분! 그 앞에서 선배는 우렁차게 외
쳤다.

"본부장님! 얘 결혼한대요!"

이렇게 민망하고 어색하고 쑥스러운 상황이 만들어질 수가 있나.
선배는 키득거리면서 원래 경사는 이렇게 다 알리는 거라며 농을
쳤다. 그땐 당황해서 엉거주춤 있었는데 집에 와서 다시 생각해보
며 이불을 걷어찼던 것 같다.

"무슨 소리야. 회사에서 청첩장 하루이틀 받냐. 그것도 다 부담이야.
어떨 때 보면 이게 꼭 지로용지로 보일 때가 있다니까. 사실 사석에
서 볼 일도 없는데 누가 나한테 청첩장 내밀면 좀 난감하긴 해. 아
마도 결혼식엔 안 가게 될 것 같은데 축의금만이라도 해야 하나 싶
고."

또다른 회사 선배 C로부터 이런 얘길 듣고 있자니, 더욱 혼란스럽
다. 세상사 대부분의 문제가 바로 '관계'에서 오는 것 아닐까. 생각

해보면 회사에 처음 들어와서도 가장 힘들었던 게 바로 '관계 맺기'였던 것 같다. 회사에 들어오기 전까지, 그러니까 학생 때까지의 관계는 비교적 간단했다. 스승과 제자, 선배와 후배, 그리고 친구. 조금 각별한 관계가 있다면 이성 친구 정도. 실은 이 정도의 관계도는 초등학교와 중학교, 고등학교를 거쳐 대학교에 이르기까지 근 12년 동안 큰 변화 없이 이어진다. 그러다보니 회사에 들어와서도 너무도 당연하게 12년 동안 맺어왔던 '관계'의 프레임으로 회사 사람들 보게 되는 것이다.

그렇게 우를 범하고 만다. 팀장님은 스승, 차장님은 선배, 옆 팀 동기는 친구, 이렇게 생각했던 것이다. 크게 보면 틀린 말도 아니지만, 분명하게 말하자면 꼭 맞는 말도 아니다. 중요한 사실 하나가 관계 사이를 스멀스멀 갈라놓기 때문이다. 그것은 바로 우리가 '비즈니스'라는 목적으로 얽혀 있다는 것! 선배와 후배들은 때로는 경쟁자가 되기도 하며, 누군가는 성과부진에 대한 책임을 져야 한다. 또 누군가는 '공'을 가져가기도 하며 또 누군가는 전쟁 영웅이 되기도 한다.

그 어떤 것보다 '관계'를 우선시할 수는 있지만 그럴 경우 회사에서 내 몫을 다하기 어려워지는 것은 아닐까. 바로 그 최악의 단계만큼은 피하려다보니, 회사라는 공간은 다양한 관계들이 역동적으로 얽히게 된다. 그래서 누군가는 이곳을 총성 없는 전쟁터라고 말했는지도 모르겠다. 굳이 전쟁에 비유한다면 적군과 아군이 뒤섞여 피아 식별이 어려운 진흙탕 육탄전 정도라고나 할까.

그동안 무심코 건네받았던 숱한 청첩장들의 무게가 새삼 묵직하게 다가온다. 결혼을 준비하지 않았더라면 평생 모르고 살았을 것 같은 고민이다.

"그래서 난 청첩장에 에그타르트를 같이 줬어."

옆 팀 동료 H의 팁이다. 좀 겸연쩍은 상대에게 청첩장을 줄 땐, 먹을 것도 같이 줬다는 거다. 좋은 처신이다. 복잡한 관계의 그물망 속에서도 지혜로운 행동은 빛을 발한다.

그래도 다행인 건 어렵사리 꺼낸 결혼 소식에 반색하며 축하의 말을 건네는 이들이 대부분이었다는 점이다. 청첩장을 돌릴수록 더 힘을 얻었던 이유이기도 했다.

"오~ 드디어 하는구나. 축하해!"
"축하한다."

그렇게 얼마간은 몇 주간에 걸쳐서 이른바 '배달 타임'을 가졌다. 어른들로부터는 조언도 듣고, 선배와 동료들로부터는 따뜻한 환대를 받았다. 측근들로부터는 "이제 너도 인생의 커다란 재미 하나를 잃어버리게 될 거다"라며 농담 섞인 축하를 듣기도 했다. 악수를 건네던 이들의 눈빛은 두고두고 고맙게 기억될 터였다.

청첩장 한 장의 무게

몇 주 동안 퇴근 후에는 좀더 격렬하게 사람들을 만났다. 각별한 이들에게 청첩장만 띡 줄 수는 없으니 만남의 자리를 만들었던 것이다. 보통은 식사자리와 술자리가 겸해졌다. 이름하여 결혼식 '앞풀이'. 누가 언제부터 그리했는지 모르겠지만 흔히들 그렇게 한다. 아마도 바쁜 일상 속에서 그렇게라도 얼굴 한번 보자는 뜻 아닐까. 어떻게 결혼하게 됐는지, 결혼하는 상대방은 어떤 사람인지에 대해 이야기해줄 수 있는 시간이기도 하고.

이번주는 동아리 모임과 대학 친구들, 다음주는 회사 동기와 예전 프로젝트 모임, 그리고 그다음주는 스터디 모임 등등 내 관계도 참 얄팍한 것 같은데 막상 모임을 하려니 스멀스멀 늘어난다.

그리고 확실히 알았다. 내가 이렇게 모임을 주도해서 만들어나가는 진취적인 사람이 아니란 것을. 적극적으로 사람을 모으고 일정을 조율해서 장안의 맛집을 수배해 예약까지 딱! 하는 사람이 되지는 못한다. 술을 안 좋아하는 것도, 여러 사람보다는 소수의 사람들이 소소하게 모이는 자리를 더 좋아하는 것도 한몫했다.

"그래도 당연히 얼굴 보고 결혼한다는 말을 하는 게 맞는 거잖아."

무한 앞풀이를 이어가며 여자친구와 나눈 말이었다. 아무리 바빠도 가급적 얼굴을 보면서 결혼식에 초대하고 싶었다. 이런저런 이유로 그렇게 하지 않는 사람들도 있지만, 나는 그렇게 하고 싶었다. 결국 그렇게는 하고 싶은데 모임을 주도적으로 만드는 것은 쉽지 않은, 이런 딜레마적 상황 속에서 몇 주간을 허우적거렸던 것 같다.

그래도 가장 편한 모임은 바로 학창 시절 친구들 모임이었다. 쉴 새없이 사람들을 만나다보니, 어딘가 좀 조용히 있고 싶은 게 소원이었을 즈음 그래도 친구들을 만나니 다시 마음이 가벼워진다. 아무런 조건 없이 부담 없이 만날 수 있는 이들. 그렇게 여름이 저물어가는 주말 밤 우리는 이태원에 모였다.
예닐곱 명 정도 됐을까. 다들 각자의 삶에 충실하다보니 얼굴 보기도 쉽지 않은데 이렇게 만나니 흥이 오른다. 그렇게 왁자지껄 자기 할말만 하더니, 간간이 내 결혼에 대해서도 묻는다.

"그래서, 신혼여행을 어디로 간다고? 신혼집은 어디야?"

주변이 시끄러워서인지, 흥이 올라서인지 목소리도 커지고 액션도 커지더니 급기야!

"그런데 너희들 축가는 준비됐어?"
"내가 축가 할게! 나 진짜 아무나 안 해주는데. 나 직장인 밴드 하는 거 알지?"
"형, 나는 영상 찍어줄게요. 나 이거 원래 돈 받고 하는 건데. 알지?"
"그럼 나도 같이 찍을게. 명색이 PD인데 내가 가만있을 수 없지."
"웨딩카는 니가 해라. 그 금쪽같은 외제 차 이럴 때 한번 써야지."
"콜! 내가 새벽같이 모시러 갈게."

그렇게 그들의 선심성 공약은 모두가 증인이 된 가운데 어느덧 공식화의 단계를 밟고 있었다. "아니 굳이…… 이거 내 결혼식인데 왜……"라고 해봤자 필요 없다.

"너는 알지도 못하는 게. 다 결혼해본 형님들이 알아서 준비하는 거니까 너는 그냥 고마워나 해라. 잔말 말고 술이나 더 시켜."

부담스럽기도 하지만 자기들끼리 '너는 이거 해라, 나는 이거 할 게'라며 투닥거리는 모습이 싫지 않다. 그동안 정신없이 사람 만나는 것에 신경을 곤두세웠는데, 이렇게 든든한 시간을 가지려고 그리 고생했나 싶기도 하고 말이다.

"뭔 생각해 인마. 빨리 와서 계산이나 해."

든든한 서포터들과 함께 든든한 시간을 보내는데 내 카드는 하나도 든든하지 않다는 게 맹점이다. 든든함도 카드가 있어야 누릴 수 있다는 진리를 새삼 늘어가는 영수증을 보며 피부로 느끼고 있다. 이렇게 무한 앞풀이를 이어가며 계속해서 긁다보면 오늘 하루 든든하고 내일부터는 거지꼴을 못 면할 것 같아 서둘러 자리를 접었다.

처음엔 박스에 포장된 청첩장을 보며 이 많은 걸 언제 다 돌리나 했는데. 한 장 한 장 나누다보니 그새 참 많은 이들을 만났다. 아마도 시간당 가장 많은 지인들을 만난 일대기적 기간 아니었을까. 그렇게 청첩장을 돌린다는 건 그리고 결혼을 알린다는 건, 그간 내가 살면서 만들어낸 관계의 매듭을 다시 한번 살펴보는 시간인 것 같다. 헐거운 매듭은 헐거운 대로. 짱짱한 매듭은 또 그렇게 다시 한번 짱짱하게. 마주한 관계들을 돌아보게 만드는 게 손바닥만한 청첩장이 가진 무시 못할 무게인 듯하다. 그 많은 관계 속에서 나 또한 무심하게 많은 도움을 받아왔고 앞으로도 받게 될 수 있다는 걸. 그 모든 것들을 다시 한번 확인하는 시간이었다.

그게 바로 한 장의 청첩장이 가지고 있는 진짜 의미 아닐까.

STEP 19

엉겁결에 결혼 준비 학교 입학!

대부분의 경우 계획은 실천되지 않는다.
현실은 시시각각 움직이고 변화하는 데 반해
계획은 '고정된' 채 머물러 있는 탓이다.
그래서 계획은 대개 실패로 남고,
우리는 늘 새로운 계획을 찾아 헤맨다.
—최장순, 『기획자의 습관』 중

계획 따윈 저멀리

아무래도 주례자는 없는 게 좋을 듯했다. 인생의 출발선에서 권위 있는 어른이 덕담이 있다면 좋겠지만 없다고 큰일날 일도 아니었다. 나와 그녀를 함께 아는 어른이라도 있다면 모를까 그런 분도 없었다. 그리고 무엇보다 주례자가 있다면 어쩔 수 없이 생겨나는 식순도 답답하게 느껴졌다. 뭔가 정형화된 틀로 딱 굳어지는 느낌이랄까. 아무도 듣지 않는 주례사를 굳이 식순에 욱여넣어 결혼식의 외형을 억지로 갖추고 싶진 않았다. 우리처럼 생각하는 이들이 많아서인지 요즘은 주례 없는 결혼식도 흔하다.

"주례자가 없다면 그 시간에 그냥 신랑 신부가 감사 인사를 한마디씩 더 하는 거야! 결혼식에 갔는데 신랑 신부 목소리 한번 못 듣는 경우도 많잖아."

"오~ 재밌겠다. 서로한테 쓴 편지도 읽고 결혼 생활 약속 같은 거 만들어서 선서도 하자. '싸우고 나서도 꼭 같은 침대에서 자겠습니다' 뭐 이런 거 있잖아. 하하."

그녀와 기대했던 결혼식의 모습은 그랬다. 어느 날 그녀의 어머님을 만나기 전까지는 말이다.

"생각해봤는데 주례 없는 결혼식은 좀 아닌 것 같은데. 다시 생각해보는 게 어떤가."

"그래. 아빠 생각도 마찬가지다. 너무 가볍게 가는 것도 좋지 않아."

그녀는 이 말을 듣고 또 흥분해서 대답했다. 아니, 대답했다기보다는 또 한번 '욱'했던 것 같다. 주례 없이 진행하겠다는 얘기는 진작부터 해왔는데 이제 와서 그런 말씀을 하시는 부모님이 야속하게 느껴졌나보다. 야근 때문에 쫓기듯 결혼 준비를 하려다보니 마음이 뾰족해진 탓도 있었을 테다. 그런 여자친구를 겨우 달래서 자리를 끝냈다.

세대 간의 차이는 가치관의 차이를 만들어낸다. 가치관의 차이는 전혀 다른 결혼식의 모습을 그리게 한다. 결혼을 준비하며 부모님들과 숱하게 갈등했던 이유였다. 우리나라의 세대 간 가치관 차이가 '이 정도까지 벌어져 있구나'를 새삼 피부로 느끼던 시간이기도 했고 말이다.

어쨌든 화가 난 그녀와 달리, 사실 나는 좀 덤덤했다. 우리 계획에 대해서, 우리의 우선순위에 대해서 충분히 소통하지 못한 탓도 있었기 때문이다. 그 결과가 지금 눈앞에 나타나는 것 같아서 더욱 그랬다. 자책감이 몰려왔다. 바쁘다는 핑계로 많은 부분을 우리 생각대로 밀고 나갔는데. 그렇게 중요한 결정들도 우리끼리 뚝딱뚝딱 정해나갔는데. 거기에서 오는 피로감이 마침내 눈앞의 문제로 떡하니 나타났다. 생각해보면 언제 수면 위로 올라와도 이상하지 않았을 문제였다.

분명 결혼 준비 원칙을 세울 때 부모님과의 공감대 형성을 꼭 하자고 했었는데. 막상 준비 일정에 치이다보니 소홀했다는 생각이 이제 와서야 들었다. 죄송함이 또하나의 부담으로 마음 한구석에서 제대로 자리잡고 있었나보다. 그녀에게 이런 말을 꺼냈으니 말이다.

"나도 안타깝지만 이번 건 우리도 한발 양보해보면 어때?"

실은 더 난감한 사람은 바로 나였다. 동진이에게 주례 없는 사회를 부탁하고 이것저것 준비하고 있었기 때문이다. 그녀도 이 모든 상황을 이해 못하는 건 아니었다. 디데이가 얼마 안 남은 시점에 방향이 틀어진 것에 대한 속상한 마음이 고개를 들었을 뿐이다.

"그래. 주례 선생님이 있으면 더 심플해져. 준비할 게 훨씬 줄어드는 거지 뭐……."

이 바쁜 와중에 뭐 하나 덜 준비할 수 있다면 그것 또한 커다란 장점이다. 지금의 우리 상황에선 말이다. 대신 주례 선생님을 섭외해야 하는 또다른 숙제가 생기고 말았지만.

결혼식이 3주도 남지 않은 시점이었다.

긴급 미션! 주례 선생님 찾기

우리 둘을 잘 아는 어른은 없으니 한쪽이라도 잘 아는 어른이 있다면 좋겠다고 생각했다. 직장 상사 몇 분이 머릿속에서 휙휙 지나간다. 아니면 예전 은사님? 이런 날을 위해 학교를 좀더 열심히 다닐 걸 그랬다. 부모님의 친구분, 지인들을 떠올려보지만 이런저런 이유로 마땅치 않다.

"어우, 그게 쉬운 일이 아니야."

회사 동기 S는 졸업 후에 연락 한 번 안 했던 교수님을 찾아갔다고 했다. 교수님이 혹시라도 자기를 기억하지 못할까봐 전전긍긍하면서. 그래서 교수님이랑 같이 찍은 단체 사진도 들고 갔다고 했다. 10년도 넘은 사진첩을 뒤지고 또 뒤져서 어렵사리 찾아낸 것이라며. 그런데 교수님은 생각보다 흔쾌히 주례를 승낙하셨다고 한다. 그것도 무려 S의 여자친구까지 다음에 꼭 데리고 오라고 하면서 말이다. 그렇게 한 주 뒤, 그는 여자친구와 함께 교수님을 찾았고 교수님은 둘에게 이런저런 말씀을 해주셨다고 한다.

"우리 둘을 앉혀놓고 교수님이 선서를 시키는 거야. 오른손을 들고 이렇게 외치랬어. 나는 외벌이다!!!"
"너희 둘 다 직장 다니는데 왜?"
"그게, 결혼하고 나면 서로를 믿고 씀씀이가 더 커진다는 거야. 그래서 항상 외벌이의 절박함으로 돈 좀 모으라고."
"푸하하. 교수님 재미있네."

그녀에게 이 얘기를 해줬더니 깔깔거리며 웃는다. 그런 교수님이 있다면 우리도 당장 부탁드릴 텐데 아쉬운 마음에 입맛만 쩝쩝 다셨다. 예전에는 결혼식장에서 주례자를 소개해주기도 했다던데. 잘못하다간 우리가 딱 그렇게 될 판이다.

"대머리 주례자는 5만 원이 더 비싸다고 하던데."
"크크크. 꼭 그렇게까지 하면서 5만 원 더 써야 되겠니? 그냥 동진이한테 주례를 맡기고 말지."

이렇게 농담을 하다가도 걱정이 되는 것만은 사실이었다.

더이상 미룰 수도 없는 시점. 부모님이 다니던 교회 목사님을 만나게 됐다. 목사님이라니. 뭔가 너무 평범해서 5만 원 더 주고 섭외하는 대머리 주례자와 뭐가 다를까 생각했지만 우리가 가진 인맥은 빈곤하고 시간은 촉박했다.

나와 그녀는 목사님들 특유의 '고루한' 이미지를 특히나 싫어했는데, 그래도 이분은 확실히 다르다며 소개받았다. 그게 희망이라면 희망이었을까. 못내 아쉬워하며 목사님을 만났다. 결혼이 한창인 가을. 목사님도 주례를 위해 한창 바쁠 시즌인데 누가 누구를 고르고 있는 건지, 돌이켜 생각해보면 우리도 참 세상 물정 모르는 커플이었다.

그렇게 시작된 목사님과의 만남은 주례를 부탁하기에 이르렀고 급기야 다음 만남을 약속하기까지 했다. 이 목사님은 당신이 주례를 해주는 것은 오케이인데, 다만 조건이 있었다.

첫째, 돈은 받지 않는다. 수고비는 정중히 사양하겠다는 말.
둘째, 아무리 바빠도 결혼 전까지 본인과 만나서 이야기하는 시간을 가질 것. 딱 3번!
셋째, 결혼식 날 제출할 숙제가 있는데 그건 나중에 알려주겠음.

조건을 듣고 나자 목사님이 조금은 다르게 보였다. 특히나 두번째 조건은 전혀 모르는 사람을 본인이 주례할 수는 없다는 뜻이었다. 어떤 면에서 보면 우리 커플과 생각이 일치하는 부분이었다. 만남이 어쩐지 잘될 것 같은 기분이 들기도 했다.

세 번의 만남으로 한 사람에 대해 얼마나 알 수 있겠냐마는 이토록 바쁜 세상에서 시간을 내고 관심을 준다는 게 또 얼마나 감사한 일인지 모른다. 급하게 부탁하는 주례였는데 운이 좋았던 탓일까. 잘된 일이라고 그녀와 몇 번이나 맞장구를 쳤는지 모르겠다. 그리고 다음 만남의 날짜를 잡았다. 목사님과의 만남은 한편으로는 뜻하지 않게 입학하게 된 '결혼 준비 학교'나 다름없었다. 오직 우리 둘만을 위한! 결혼 전에 그런 강의나 모임 등에 찾아가보고 싶었는데 이렇게 의도치 않게 시작됐다.

인생이 재밌는 건 이렇게 우연처럼 찾아오는 뜻밖의 행운이 있어서 그런 것 아닐까.

결혼식의 숨은 공로자들

첫번째 만남은 서로가 어떤 사람인지 이야기하는 시간이었다. 그리고 두번째는 나와 그녀가 서로를 어떻게 생각하는지에 대한 이야기. 간간이 목사님의 인생 조언도 있었다. 두 번의 만남을 하면서 특히 좋았던 것은 성경공부나 설교 같은 일방적인 대화가 없었다는 점이다. 오히려 좀처럼 갖지 못했던, 차분하게 마주앉아 이야기를 나누는 시간이 있었다.

그리고 세번째 만남은 좀 특별했다. 우리와 같은 날짜에 결혼하는 커플과 함께 만나는 자리였기 때문이다. 그 날짜에 결혼하는 사람이야 우리나라에 최소한 수십 커플 되겠지만 막상 만나고 나면 '도플갱어'를 본 것 같은 놀라움과 끈끈함 같은 게 느껴진다. '아, 당신도 여기까지 오느라 고생했군요'라는 자기에게 보내는 듯한

연민과 왠지 모를 동료의식. 전장에서 마주한 아군의 유대감. 뭐 그런 게 생긴달까.

"저녁식사 안 하셨죠? 이것 좀 드세요."

목사님의 사무실 겸 회의실 같은 장소에서 아군들이 모였다. 저녁 식사 시간이 좀 애매했는데, 상대방 커플이 빵과 음료를 싸 와서 건넨다. 도플갱어에게 받는 호의라 유난히 반갑다. 그 커플의 예비 신랑은 다큐멘터리영화 감독이라고 했다. 직업도 멋진데, 하는 행동도 멋지다. 나는 베풀 생각도 못한 호의였는데 어쩐지 이 커플은 여유로운 듯하다. 쫓기듯 살고 있는 내 모습이 문득 더 크게 다가 왔다. 나는 뭐 때문에 이렇게 정신없이 살고 있을까.

"저⋯⋯ 오늘 여자친구가 늦게까지 일을 해서 아마도 참석 못할 것 같아요."

그녀는 늘 늦게까지 일했다. 항상 자기 일을 똑 부러지게 하는 에 너지가 넘치는 여자친구. 그럼에도 결혼 준비만큼은 버거워했다. 절대적인 시간이 없기도 했지만, 양가의 부모님 등 이래저래 감정 소모가 만만치 않았다. 그런 그녀는 이렇게 도플갱어 커플을 만나 한가롭게 얘기할 수 있는 시간조차 갖지 못했다. 한편으로 속이 쓰렸다. 여기까지 온 게 기특하지만, 오늘은 아쉬움이 더 크다.

"이 시간에는 서로의 장점을 얘기해보는 시간을 가질 텐데요."

오늘의 주제였다. 그녀가 생각하는 나의 장점을 그녀로부터 들을 수 없어 상당히 아쉽다. 그래도 나는 써야 했다. 그녀의 장점을. 그녀의 장점은 뭘까? 누구나 그렇겠지만 이런 질문을 받으면 막상 대답하기가 쉽지 않다. '저는 그녀의 장점을 보지 않고 그녀라는 사람 자체를 사랑합니다'라는 닭살 멘트라도 날려야 하나 고민스럽다.

"사람은 누구나 장점과 단점이 있어요."

당연하다. 연애를 시작할 때는 그 사람의 장점에 빠져서 다른 게 눈에 안 들어오지만 시간이 지날수록 달라진다는 걸 우린 너무나 잘 알고 있다. 익숙함은 무심함을 낳고 상황은 변하기 마련이다. 그리고 없었던 단점이 보이기 시작한다.

결혼은 상대의 단점을 알고도 그것들을 포용하기로 마음먹는 의지와 존중의 다른 말 아닐까. 그래서 그런지 시간이 지나 편해질수록 우리는 장점을 보기보다는 내 의지를 다지는 것 같다. 결혼을 준비하며 이 사람과 함께하기 위해 일종의 전우애로 뭉치게 되고 말이다. 내가 그랬다. 회사 프로젝트를 진행하듯 끈끈한 동지애로 하루하루를 치열하게 보냈다. 그렇게 의지와 노력으로 일상을 보내다 그 사람 자체에서 나오는 내면의 향기를 무심코 지나치게 되는 것 같다. 아니 그 향기를 너무 당연하게 받아들인다고 할까. 늘 있는 공기처럼.

그런데 이제 그녀의 장점에 대해 구체적으로 하나씩 적으려다보니, 그녀가 갖는 매력들이 하나씩 하나씩 살아나는 것 같다. 고집 센 셰프가 산해진미를 맛보며 그 속의 재료들을 하나하나 복기하듯 음미하는 것처럼. 하나하나, 그녀의 장점을 다시 돌아보게 된다.

"그녀는 예쁘고요, 그녀는 엄청나게 긍정적이고, 또 그녀는 쾌활하고, 또⋯⋯ 세상에 대한 호기심이 많고, 지적이며, 웹툰을 좋아하고, 굉장히 굉장하고⋯⋯ 또⋯⋯"

뭐 이런 대답을 하다가 웃었던 것 같다. 도플갱어 커플이 서로의 장점을 말하며 민망해하는 것과 달리 난 그녀가 자리에 없어 민망하지 않은 게 그나마 다행이었다. 장점만으로 살 수 없는 세상이지만 또 그런 장점을 가진 사람이 내 옆에 있다는 게 얼마나 큰 위안인지 모른다.

"큰 위안이라니 다행이에요. 그런데 어려움이 많다니 걱정이네요. 뭐가 그렇게 어려워요. 지금 상황에서 가장 어려운 점 딱 하나를 골라보면?"

목사님이 물었다. 나는 사람 만나는 것이라고 답했다. 한창 청첩장을 돌리던 때였으니 당연한 말이다. 약속을 하고 장소를 잡고 사람을 만나고 청첩장을 건네고. 이런 것들을 반복하다보면 심신이 지친다.

"편하게 생각하세요. 좀 못 만나면 어때요. 그 정도도 이해 못해줄 사람이면 만난다고 축하해줄 것 같지도 않은데요."

어쩌면 우리 모두가 아는 심플한 사실이겠지만 막상 자기 일이 되면 그렇게 잘하지 못하는 것 같다. 그래도 그런 말을 들으니 어깨가 조금은 가벼워진다.

"저희도 이제는 사람 잘 안 만나고 느긋하게 보내고 있어요. 나만 그런가?"

감독님이 말했다. 도플갱어 커플이 따뜻한 차를 마시며 눈을 마주친다. 목사님도 눈웃음으로 답한다. 작은 공간에서 느끼는 충만함이랄까. 덴마크 사람들은 휘게라고 해서 일상을 단순하게 만들며 소소한 행복을 즐긴다고 하던데, 딱 이런 게 바로 휘게를 말하는 것 아닐까 싶다.
실은 오늘도 회사에서 끝나자마자 이곳까지 헐레벌떡 뛰어왔는데 어째 이 공간만 시간이 느리게 가는 것 같다. 어쩐지 그녀에게 이 시간을 공유해주지 못해 미안한 마음이 컸다.

"이제 결혼식이 정말 얼마 남지 않았네요. 두 커플 모두 준비 잘 하
시고 결혼식 때 뵐게요."

목사님은 마지막 인사를 건넸다. 결혼식에 주례가 없길 바란 건
예식에 대한 자유도가 높아지기 때문이었는데, 돌아보니 주례가
없었다면 목사님과 도플갱어 커플과의 만남도 없었을 것 같다. 뜻
하지 않게 얻은 소중한 시간, 누릴 수 없었던 호사였다.
갑작스럽게 주례를 요청했음에도 응해주고, 실은 아무 상관도 없
는 이들을 위해 시간을 내고 마음을 쓰고 정성스럽게 중요한 행
사를 함께 준비해주시다니. 세번째 만남을 마치고 돌아가며 생각
했다. 나라면 그럴 수 있을까. 타인을 위해 그런 일을 하는 건 아
무리 생각해도 쉽지 않은 일 같았다.

종교의 사회적 역할은 바로 이런 것 아닐까 싶다. 팍팍하고 계산
적으로 돌아가는 이 사회에 부드러운 이음새의 역할을 해주는 것.
쿠션 같고 연골 같으며 범퍼 같은 중간지대. 목사님은 바로 그런
곳에서 아무런 대가도 바라지 않고 자신의 시간과 노력을 기꺼이
내어주셨다. 이런 역할을 하는 사람을 만난다는 것은 그것만으로
도 큰 위로가 된다.

목사님의 세번째 숙제는 바로 '결혼 전날 서로에게 편지를 써서 결혼식 날 가지고 오는 것'이었다. 그러나 우리는 결국 하지 못했다. 정확히 말하자면, 나는 했고 그녀는 못했다. 결혼 전날까지 회사에서 빡빡하게 일을 했던 그녀는 말 그대로 겨우 식장에 도착할 정도로 바빴기 때문이다.

생각해보니 이렇게 바쁜 그녀가 주례 없는 결혼식을 제대로 준비할 수나 있었을까 싶다. 그러면 그녀는 눈을 흘기며 반박하겠지.

"아니거든! 나 엄청 열심히 제대로 했을 텐데 뭐. 갑자기 일이 생겨서 그런 거야!"

여행을 하면 이 세상에서 나를 도와줄 수 있는 사람들이 얼마나 많은지 새삼 배우게 된다던데. 결혼을 준비해보니 이렇게 보이지 않은 곳에 숨은 공로자들이 있다는 걸 깨닫게 된다. 이런 숨은 공로자들의 우연 같은 도움이 모여 우리의 결혼 준비는 조금씩 완성돼가고 있었다.

STEP 20

결혼식 전날

자신이 어디로 가고 있는지 몰라도
날개를 펼치고 있는 한 바람이 당신을 데려갈 것이다.
새는 날개깃에 닿는 그 바람을 좋아한다.
—류시화, 『새는 날아가면서 뒤돌아보지 않는다』 중

택배가 안 온다면 내가 가야지

결혼식 전날, 나는 택배회사 집하장에 와 있다. 그것도 헐레벌떡 달려왔다. 살면서 단 한 번도 와본 적 없는 곳. 이곳에 온 이유는 바로, 꼭 찾아야 하는 나의 택배가 있어서다. 그것은 내일 예식장에 놔야 할 사진과 액자다.

"추석 연휴 앞두고 배송 밀리는 건 어쩔 수 없어요. 정 그렇게 급하시면 집적 와서 찾아보시든가요."

수화기 너머로 샐쭉한 목소리의 택배 회사 직원이 말했다. 도착 예정일이 벌써 며칠이나 지났지만 그런 말을 해봐야 상황이 바뀔 건 아무것도 없었다.

270

"직접 가면 찾아볼 수 있긴 한가요?"

난감하고 미안한 부탁이었지만 그 순간만큼은 절박했다. 그렇게 오후 늦게 차를 몰고 가 도착한 집하장 입구엔 각종 트레일러 트 럭들이 양옆으로 늘어서 있었다. 흡사 〈매드맥스〉의 전진기지 같 은 곳이랄까. 입구를 지나자 초등학교 운동장만한 곳에 트레일러 형 창고가 있다. 그것도 모자라 운동장 바닥에 트레일러 규모만 큼 많은 수의 택배 상자들이 쌓여 있었다.

"아…… 이래서 못 찾는다는 거였구나."

살면서 그렇게 많은 상자는 단언컨대 처음 본다. 산타 할아버지도 혀를 내두를 정도의 수량일 거다. 내일이 결혼식이라는 나의 구 구절절한 핑계가 통했는지 택배 집하장 직원은 장갑을 낀 채 휙휙 물건을 뒤져준다. 그렇게 상자들을 얼마나 뒤졌을까.

"혹시 이거 맞나요?"
"오!!!"

택배 찾는 장인이 아닌가 싶은 그는 귀신같이 내 물건들을 찾아 냈다. 뭐라고 감사를 표해야 하나.

"내일 결혼이라면요. 신랑이 여기서 이러고 있으면 어떡해요. 얼른 가서 푹 쉬셔야지."

그는 츤데레같이 한마디를 던지고, 다시 택배 박스의 숲으로 사라졌다.

"저…… 감사해요!"

허공을 향해 내가 말했다. 먼지를 홀라당 뒤집어쓴 나는 좀 얼얼한 기분으로 다시 차를 몰았다. 셀프로 준비하려고 했던 것들이 있으니 꼭 이렇게 놓치는 것들이 생긴다. 힘들게 찍은 셀프 스냅이니만큼 크게 뽑아 예식장에 놓고 싶었다. 이젤까지 미리 구입해서 탁 하고 자리를 잡아놨는데 사진이 없다면 낭패였다. 포토테이블에 놓일 사진들도 미리미리 준비해놨어야 했는데. 뒤늦게 생각나는 바람에 허둥지둥 집하장까지 다녀왔다.

며칠 전에는 여자친구가 부케와 부토니에르를 구매하느라 허둥댔다.

"이걸 다 우리가 사는 거였어?"

그렇다. 우리가 안 사면 그 누구도 사주는 사람이 없다. 아니, 다른 사람이 사주더라도 우리가 사달라고 말하지 않는다면 그 누구에게도 이런 것 하나 챙겨주길 기대해선 안 된다. 계획도 우리가, 실행도 우리가, 그에 대한 결과물도 온전히 우리가 감당해야 하는, 우리의 결혼식이 아니던가!

"우리가 회사에서 유독 늦게 퇴근하고 바빠서 그렇지 뭐. 크크."

언제나 그렇듯 그녀가 이 모든 상황을 재미있어한다는 게 크나큰 힘이다.

결혼식 전날엔 뭘 하며 보내야 할까

그렇게 외로운 싸움을 마친 난 텅 빈 신혼집으로 돌아왔다. 화장실에서 거울을 보는데 웬 먼지를 뒤집어쓴 퀭한 남자가 거울 속에 있다. 이 정도는 아니었던 것 같은데. 약간 못생겨진 것도 같다. 남들은 결혼 전날 피부미용도 하고 사우나도 하고 뭐 그렇게 때 빼고 광낸다는데. 문득 이렇게 가만히 있으면 안 되겠다 싶다. 그녀가 얼마 전에 챙겨주고 간 마스크 팩을 얼굴에 넣었다. 끈적임과 함께하는 15분. 잠시 후에는 거짓말처럼 잘생긴 남자가 거울에 나타나길 바라면서 소파에 누웠다. 누워서 휴대폰을 보는데 메시지들이 들어와 있었다.

'내일 처가에 일이 있어서……'

'말했었지? 내일 비행기 예약을 해놔서.'

'다른 결혼식이 있는데 하필 내가 사회라 빠질 수가 없네.'

대충 이런 것들이 눈에 띈다. 결혼식 전날인데 기분이 참 씁쓸하다. 그간 잘못 쌓아온 인간관계 때문에 이렇게 형벌 같은 문자를 받고 있나 싶다. 생각해보면 연휴의 시작일을 결혼식 날로 잡은 게 잘못이다. 그리고 예식장에 직접 와주는 것도 감사한 일이지만 멀리서나마 진심을 다해 축하해줄 수 있다면 그것도 다행 아닐까.

"그래 맞아. 오빠도 결혼식 다 챙겨 가는 거 아니면서 무슨!"

마침 전화를 걸어온 여자친구가 낄낄거리며 말했다. 나의 우울함을 유독 즐거워하는 그녀가 있어서 참 다행이다. 까딱 잘못했다간 고집 세고 소심한 노인으로 외롭게 늙어갈 뻔했다.

"근데 예비 신랑! 내일 결혼식인데 지금 열심히 준비하고 있는 거 맞지?"

그 말에 또 심장이 오그라든다.

"준비?"

내가 또 놓친 게 있을지도 몰랐다. 이번엔 또 어디로 급하게 차를
몰아야 하나.

"결혼식 때 깜짝 이벤트 같은 걸 하기도 하잖아. 신랑 노래나 댄스
같은 거. 하하하."
"그런 풍습은 좀 올드한 느낌 아냐? 요즘에 누가 그런 걸 해. 하하."

이렇게 농담으로 받아치며 함께 웃었지만, 마냥 안심이 되는 건
아니다. 농담 같은 그녀의 말에 진짜 뭐라도 해야 하나 싶어서다.
답답한 마음에 그리고 이벤트에 대한 힌트라도 얻을까 여자친구
를 소개한 P형에게 전화를 했다. 그랬더니 그가 펄쩍 뛰면서 반대
한다.

"지금 그거 할 시간이 어디 있어, 이 미친놈아! 너 지금 총각으로서
마지막 밤을 보내는데 그게 무슨 말이야. 지금 얼마나 소중한 시간
을 낭비하고 있는지 알아?"

P형은 역시 본인의 스타일대로 마지막 밤을 불살라 놀라고 했다.
어쩌면 다시 오지 못할 기회라며. 지금 급한 대로 플레이스테이션
을 켜거나 만화방에라도 가라며 그다운 조언을 해주었다.

"얘가 진짜 뭘 모르는 소리를 하네. 우리 팀장님 있지? 그 답답한 사

람이 내가 휴가 쓴다고 할 때 묻지도 따지지도 않고 바로 결재해줄 때가 있어. 그게 언제인지 알아? '내일 와이프 집에 없습니다'라고 할 때야. 그럼 무조건 프리패스야. 그 돼지 같은 팀장이 행복한 하루 되라면서 아주 윙크까지 날려준다니까. 으하하. 그건 그렇고 지금 애가 울어서 나 끊을게. 아무튼 오늘을 불태워라. 결혼식 때 보자!"

그는 그렇게 유언 같은 당부를 하고 수화기 너머 세상으로 사라졌다. 그의 말처럼 이렇게 있을 게 아니라 밖에 좀 나가봐야 하나 싶다.

누군가는 결혼식 전날 예전의 연인들에게 연락을 하기도 한다. 스쳐간 인연들을 떠올린다고도 하고. 꼭 무슨 일이 일어날 것 같은 충분히 특별하고 감상적일 수 있는 날이다. 그게 바로 마지막이라는 말이 갖는 힘일까.
이렇게 계속 혼자 생각하고 혼잣말을 하다가는, 결혼 이야기가 아니라 결혼식 날 쫓겨난 사나이에 대한 이야기를 쓰게 될 것 같아 그만 잠을 청했다.

누군가는 일탈의 짜릿함을 꿈꾸고 누군가는 또 예측 가능한 안정된 미래를 기다린다. 일탈도 대범한 자들의 몫. 나는 조용히 누웠다. 내일 11시 예식인 나는 새벽 4시에는 일어나야 할 운명이었다.

인생 2막, 초행길이 시작되고 있었다

큰일이다. 목까지 이불을 덮었는데 잠이 안 온다. 모로 누워본다. 잠이 안 온다. 반대로도 누워본다. 잠이 안 온다. 바로도 누워본다. 역시 잠이 안 온다. 자야겠다고 생각하니 더 잠이 안 온다. 초조해진다.

가만히 누워서 숨도 크게 안 쉬는데 맥박 소리가 희미한 정신을 끄집어와 또렷하게 만든다. 렌즈의 초점이 맞듯 정신의 초점이 딱 들어맞을 때까지. 발버둥칠수록 정신은 더 또렷해진다. 그동안 정신없이 준비해오며 하루라도 빨리 맘 편히 쉬게 될 날을 기다렸는데. 이제 쉬는 것도 내 맘대로 안 되나보다. 그래도 내일을 위해 억지로 눈을 감아본다. 여기까지 오는 데 얼마나 많은 일이 있었나. 그런 생각을 하니 지나간 일들이 추억 필터가 덧씌워지며 지나간다.

그녀의 부모님을 처음 뵙던 날, 집을 보러 돌아다니다 소나기를 마주한 날, 데이트 스냅을 찍겠다고 땡볕 아래를 몇 시간이고 돌아다닌 날, 셀프로 준비해보겠다며 호기롭게 이 사람 저 사람 만나고 다녔던 날…… 피식거리게 된다. 그런저런 푹신한 상상 속을 헤매고 있는데, 뭐지? 비명 같은 소리가 공간을 가른다. 온 세상은 까만데 찢어지는 듯 날카로운 소리만 공간을 배회한다. 곧이어 그 소리는 간신히 내 의식의 멱살을 잡아끌고 온다. 가만 보니 알람 소리다. 새벽 4시 30분. 이제는 일어나야 한다. 살면서 4시 30분에 일어나 본 게 언제였더라. 전혀 잔 것 같지가 않다! 결혼식 날인데 욕으로 하루를 시작하긴 싫어서 북북 이를 닦았다. 그렇게 퉁퉁 부은 얼굴을 들고 밖으로 나갔다.

새벽의 찬바람이 잠을 깨운다.
어두운 도로에 서서 택시를 불러 세웠다.

전통혼례에서는 신랑이 결혼식 날 집을 나서는 것을 '초행'이라 불렀다. 청사초롱을 밝히고 함진아비를 대동하며 시작되는 인생 2막이었다. 내 인생 2막엔 어떤 일이 기다리고 있을까. 기대와 설렘과 호기심이 얼떨떨하게 피어나는 시간이었다.

택시 창문으로 동트기 전 세상이 휙휙 지나갔다.
그렇게 나의 인생 2막 '초행' 길이 시작되고 있었다.

낭만적 결혼과 그후의 일상

결혼식. 신혼여행. 꿈만 같은 시간은 휘리릭 지나가버렸다. 신혼여행에서 돌아와 죽은듯이 잤다. 대체 몇 시간을 잔 걸까. 아직 잠에서 덜 깬 정신이 수명을 다한 전구처럼 깜빡깜빡거린다. 밖은 벌써 해가 중천이다. 늘어지게 하품을 하고 바라본 창문 밖 풍경이 생경하다. 결혼 전 내가 먼저 들어와 살던 곳인데 이제는 여자친구, 아니 아내와 함께 사는 곳이 됐다. 머리를 긁적이면서 창밖을 한참이나 멍하게 보고 있는데, 옆에서 자고 있던 아내가 부스스 일어난다. 이젠 계속 옆자리에서 보게 될 사람. 그 사람을 보고 있자니 내가 진짜 결혼을 한 게 맞구나 싶다.

"볕이 너무 좋다. 가을이라 그런가."

우리는 정신을 챙겨서 거리로 나왔다. 살랑이는 바람이 걷기 좋은 날이었다. 이제야 식욕이 돌며 배가 고팠다. 생각해보니 어제는 긴 여행에서 돌아와 짐을 풀고 쓰러져 자느라 제대로 먹지도 못했다. 밖으로 나와 어디서 뭘 먹을까 기웃거리며 거리를 걸었다. 길가엔 오가는 사람도 드물다. 평소 같으면 회사에 있어야 할 시간.

"아~ 이런 날엔 길맥이 딱인데."

안 될 것 뭐 있나. 그녀와 눈빛 교환을 하고 마침 보이는 태국음식점으로 들어갔다. 발코니를 열어젖힌 곳이었다. 부부로서 처음 하는 일상의 식사였다.

청량하게 울리는 맥주캔 따는 소리. 탄산 올라오는 소리가 이어진다. 낮에 마시는 맥주가 원래 이렇게 시원한 거였나. 아니면 뭔가를 하지 않아도 된다는 해방감이 맥주맛의 청량감을 높인 탓일까. 상쾌한 기분에 온몸이 둥실둥실 뜨는 것 같다. 그게 또 그렇게 좋아서 아내와 벌컥벌컥 들이켰다. 한산한 거리, 옆 식당에서 틀어놓은 음악이 이곳까지 흘러들었다. 듣고 있자니 신이 나서 후렴구를 조금 따라 부르려다 그녀에게 옆구리를 맞았다. 키득거리며 얼마나 웃었을까. 아무것도 아닌 일상이 이렇게 빛날 수 있는 건, 그간의 터프한 날들이 있었기 때문인 듯하다.

결혼을 결심하고 나서 가장 괴로웠던 건 바로 관습과 싸우는 일이었다. 이건 이렇게 해야 하고 저건 저렇게 해야 한다는, 맹목적 프레임 말이다. 이러한 맹목의 덫에 잘못 걸리면 결혼의 의미를 따지기도 전에 결혼의 본질에서 슝 하고 멀어져버리기 일쑤였다. 정작 결혼의 주인공들은 소외되며 눈과 귀가 멀게 되는 것은 물론이다. 그래서 우린 부단히도 노력했던 것 같다. 허례와 허식에서 벗어나기 위해, 그러면서도 우리만의 의미와 재미를 찾기 위해. 그렇게 애초에 그렸던 이상적인 모습에 우리는 얼마나 다가갔을까. 모든 걸 손에 쥘 수는 없었지만 현실과 적절히 타협해가며 우리만의 방법을 찾아갔던 것 같다.

"결혼하고 가장 크게 달라진 게 뭔가요?"

결혼에 대한 책을 쓰며, 주변에 물었다. 영감의 조각이라도 얻을 수 있을까 해서 물어본 거였는데, 대답이 의외로 재미있었다. 고민은 사람을 철학자로 만든다던데, 결혼 선배들은 이미 철인의 반열에 오른 건 아닐까. 흥미로운 대답을 모아보자면 이렇다.

- 생각이나 결단의 중심이 '나'에서 '가족'이 됐다.
- 성공에 대한 갈망이 결혼 전보다 더욱 커졌다.
- 돈을 낭비하지 않고 훨씬 절약하게 된다.
- 생각하고 고민하는 시간이 많아진다.

- 인간은 내 맘대로 바꿀 수 없다는 걸 철저히 깨닫는다.
- 건강을 더 챙기게 된다.
- 관계가 새로 생겨서 가족으로 챙겨야 할 부분, 대소사에 참여할 일이 많아진다.
- 소개팅 기웃거리지 않아서 좋고 짝과 함께 진짜 본격적인 인생을 시작하면 될 것 같아서 좋다.
- 연애에 대한 영원한 가능성의 문이 닫혔음을 인지한다. 그래서인지 가끔씩 생각지도 않았던 옛 연인들이 꿈에 나온다.
- 살이 찌고 나서 안 빠진다.
- 거짓말이 는다.
- 옷을 사면 죄책감이 들어 자꾸 숨기게 된다.
- 결혼하라는 잔소리를 더이상 듣지 않는다.
- 좋아하는 사람을 보고 싶을 때 언제든 볼 수 있다.
- 보기 싫을 때도 봐야 한다.

얼핏 보기엔 비슷비슷한 결혼생활을 하고 있지만 실상은 이 세상에 존재하는 커플의 수만큼 다양한 이야기들이 있는 것 같았다. 한편으로는 다채롭게 채색된 세상의 단면을 훔쳐본 것 같아 흐뭇하기도 하고 말이다. 우리는 어떤 부부가 될까.

"오빠, 나는 아마도 옷을 자주 사서 숨기는 아내가 될 것 같아."
"그럼 나는 생각이 많아지는 남편이 될 것 같아."

그렇게 한참을 어떤 부부가 될지에 대해 이야기했다. 크나큰 해방감을 맛보며 누리는 일상의 충만한 시간이었다.

"근데 지갑 챙겼어?"
"응? 오빠가 챙긴 거 아냐?"
"아, 음? 외상이라도 해야 하나."
"모르겠다. 어떻게든 되겠지 뭐. 우리 결혼식도 마쳤는데 뭘 못해. 더 먹어. 하하."

대책 없는 긍정도, 어지간한 일로는 싸우지 않는 것도 결혼 준비 과정을 거쳐온 부부로서의 내공이 쌓여서 그랬다고 믿고 싶다. 이제 막 시작한 레벨 1의 부부이지만, 그래도 부부라는 이름의 무게는 연애 만렙보다는 육중한 무게가 있다.

"그럼 짠 할까."

물론이다. 성공적인 결혼식을 축하하기 위해. 그리고 우리의 평범한 일상을 위해.

길고 긴 터널을 지나 마침내 찬란한 태양을 마주한 이들처럼
험난한 파병을 마치고 돌아온 군인들처럼
커다란 프로젝트를 마친 비즈니스맨처럼

중요한 시험을 막 치르고 난 수험생처럼
우린 그렇게 우리만의 통쾌한 시간을 원 없이 보냈다.

바람은 살랑거리고 맥주는 시원하고 가을 낮의 거리는 반짝였다.
결국은 이렇게 평범한 일상을 마주하기 위해 지금껏 쉬지 않고 달
려왔나보다.

단지 결혼을 하고 싶은 건데
이게 다 무슨 일이래요

초판 1쇄 인쇄 2019년 1월 23일
초판 1쇄 발행 2019년 1월 30일

지은이   서양수

편집장   김지향
책임편집   박선주
편집   이희숙 김지향
모니터링   이희연
디자인   김선미
그림   류수
제작   강신은 김동욱 임현식
마케팅   최향모 이지민
홍보   김희숙 김상만 이천희
관리   윤영지

펴낸이   이병률
펴낸곳   달 출판사
출판등록   2009년 5월 26일 제406-2009-000034호

주소   10881 경기도 파주시 회동길 455-3
✉   dal@munhak.com
𝕏 f ⃝   dalpublishers

전화번호   031-8071-8683(편집) 031-8071-8670(마케팅)
팩스   031-8071-8672

ISBN   979-11-5816-091-3 03810

• 이 도서의 국립중앙도서관 출판예정도서목록(CIP)은 서지정보유통지원시스템 홈페이지
  (http://seoji.nl.go.kr)와 국가자료공동목록시스템(http://www.nl.go.kr/kolisnet)에서
  이용하실 수 있습니다. (CIP제어번호: CIP2019001240)